OLHOS DE PIXEL

LUCAS MOTA

OLHOS DE PIXEL

Rocco

Copyright © 2024 *by* Lucas Mota

Esta edição foi publicada em acordo com C. Werner Editorial.

Direitos desta edição reservados à
EDITORA ROCCO LTDA.
Rua Evaristo da Veiga, 65 – 11º andar
Passeio Corporate – Torre 1
20031-040 – Rio de Janeiro – RJ
Tel.: (21) 3525-2000 – Fax: (21) 3525-2001
rocco@rocco.com.br
www.rocco.com.br

Printed in Brazil / Impresso no Brasil

Preparação de originais
ANGÉLICA ANDRADE

CIP-BRASIL. CATALOGAÇÃO NA PUBLICAÇÃO
SINDICATO NACIONAL DOS EDITORES DE LIVROS, RJ

M871o

    Mota, Lucas
        Olhos de pixel / Lucas Mota. - 1. ed. - Rio de Janeiro : Rocco, 2024.

        ISBN 978-65-5532-427-3
        ISBN 978-65-5595-253-7 (recurso eletrônico)

    1. Ficção brasileira. I. Título.

24-88614   CDD: 869.3
                       CDU: 82-3(81)

Gabriela Faray Ferreira Lopes - Bibliotecária - CRB-7/6643

O texto deste livro obedece às normas do
Acordo Ortográfico da Língua Portuguesa.

Para Anna Raíssa Guedes e Sandro Marra,
que aturaram meus textos sem revisão.

Para André Caniato,
o responsável por eu ter chegado até aqui.

1.

Nina deu um salto de cinco metros de altura e pousou no topo do prédio vizinho. Em sua visão pixelizada, o 91% piscava em vermelho. Ela estava nauseada, com a vista turva e o estômago revirado. Era o preço de usar um *modpack*. Que outra opção tinha? Jamais conseguiria completar uma missão como a invasão ao edifício Muralha sem os poderes conferidos pelo *modpack*. O problema era a instabilidade — se usasse mais alguma coisa, sofreria um *boot* e a polícia a alcançaria. Dali em diante, nada de saltos.

Em seu encalço, a polícia paramilitar.

— Para, porra! — gritou um dos policiais.

Os desgraçados tentavam prendê-la já fazia quase dois anos. Estava na lista das mais procuradas, o que explicava os carros flutuando nas laterais do prédio do qual havia se jogado. A tropa comum que a perseguia a pé não era suficiente.

Nina ignorou as ordens, claro. Não se entregaria assim. Aproximou-se da beirada do prédio e avistou as ruas do centro de Curitiba. Além das placas luminosas que não funcionavam direito, viu a fila de carros abandonados. Eram modelos arcaicos, daqueles que não voavam. Se pudesse chegar até eles, talvez conseguisse fugir por entre os chassis. Apesar da instabilidade do *modpack*, a *smartself* ainda estava funcional. Ela usou os comandos mentais para acessar a interface instalada no sistema neural. Abriu o chat de voz.

— Como estão as coisas aí?

Do outro lado, ouviu o grunhido ofegante de Iza. Tera não disse nada. Aquilo só podia significar uma coisa: a polícia havia encontrado seus amigos, e eles não estavam muito confiantes de que conseguiriam escapar a tempo.

Uma porta se abriu no topo do prédio, despejando cinco policiais com roupas azul-marinho e capacetes de visor avermelhado.

— Valentina Santteles — disse a voz amplificada por um dos carros voadores —, você está presa. Largue a arma e ponha as mãos na cabeça.

Ela devia considerar aquilo uma gentileza. Em geral, não pediam: atacavam.

A lista de crimes dos quais era acusada dava todas as razões para que a polícia conversasse menos e disparasse mais, sobretudo depois da eleição do presidente. O conservadorismo reinava no país do futebol e do glória-a-Deus. A brutalidade contra criminosos não era só apoiada pela população, mas também desejada. Devia haver um motivo para aquela tentativa pacífica de captura.

Dois policiais se aproximaram de Nina com as armas baixas. Tentaram segurá-la pelos pulsos.

Nina deu um soco no rosto de um deles, quebrando a máscara de plástico e o deixando atordoado. Torceu o braço do outro até derrubá-lo. Ouviu o barulho agudo das armas sendo engatilhadas. Não queria gastar o escudo ali — a missão ainda não estava concluída —, mas era isso ou se render.

Pensou em Paulo.

Pressionou o botão na pulseira. Na interface, o aviso em texto piscou, confirmando o comando. O escudo havia sido acionado. Nina fechou a mensagem e notou o sinal de 97% no canto da visão.

Os policiais dispararam, mas a barreira esférica que cercava Nina a protegeu da onda de tiros elétricos. O artefato abafava até mesmo os alto-falantes das viaturas, mas só podia ser usado uma vez. E era proibido, óbvio. Ela havia precisado concluir três missões para pagar por aquilo, e já era.

A rajada fez a taxa de processamento subir. Ela vomitou. O corpo estava pagando o preço pelo uso do *modpack*. A duração do escudo não era longa, e ela se contorcia de dor no estômago.

Nina se jogou do prédio, e os dois carros mergulharam em seu encalço. Aterrissou com um dos joelhos, e a dor a fez soltar um grito involuntário. O 98% já piscava, acompanhado de um aviso sonoro baixo, um ruído agudo e repetitivo que apenas ela podia ouvir.

Nina correu por entre os carros antigos enquanto a polícia a perseguia sobrevoando todos os obstáculos. A visão falhava em imagens pixelizadas.

Não podia sofrer um *boot* de jeito nenhum. Era um milagre ainda estar acordada.

Uma rajada de tiros perfurou as latarias empoeiradas. O que havia sido um grande bem de consumo desejado por todos já não passava de um monte de lixo com uma taxa de transporte cara demais para ser paga pela prefeitura. Nina se protegeu atrás de uma porta aberta, mas não foi rápida o suficiente. Uma bala a atingiu. *Merda.*

Como última saída, tentou ativar o *modpack* outra vez, mas viu a taxa de processamento em 99% pouco antes de desmaiar. Finalmente, um *boot*.

2.

Quando Nina acordou, estava no banco traseiro da viatura voadora da polícia. Ao redor da cabeça, o toque frio da tiara de metal. Conhecia bem o objeto; era ajustável a qualquer tamanho de crânio. As algemas neurais possuíam microagulhas que penetravam os ossos dos usuários para estabelecer comunicação com os neurônios. Era configurável e imobilizava os membros da pessoa. Nina estava sonolenta, sentada com os braços paralelos ao corpo. Não conseguia movimentar pernas nem braços. Com certeza havia recebido uma dose de *no-smart* para inibir a *smartself*. Havia uma discussão se aquele tipo de coisa era seguro para seres humanos, mas desde que a Secretaria de Segurança apresentara relatórios prometendo conter a população de *roots*, a opinião popular passara a apoiar o uso do *no-smart* pela polícia.

— Você deu muito trabalho pra gente, sabia? — disse uma voz masculina no banco da frente.

Ao lado de Nina havia um homem usando uma lente macro sobre um dos olhos, um modelo com raios X. Ele raspou a lateral do crânio dela, derrubando uma ou duas mechas dos dreads no chão do veículo, e pressionou um adesivo redondo na região. Era um conector neural, de onde saía um pequeno fio que o ligava a um dispositivo no pulso dela. O cara ia desinstalar o *modpack* de Nina.

Ela não disse nada. Estava furiosa e ainda desnorteada, mas sabia que precisaria remover o *modpack* mesmo se a missão tivesse sido bem-sucedida. Era um software muito instável que atuava no organismo do usuário. Além de caríssimos, *modpacks* só podiam ser usados uma vez.

Ela ignorou a provocação e virou o rosto para a janela enquanto o técnico trabalhava na *smartself*.

Olhou para fora, avistando as ruas por um ângulo pouco comum: de cima. O enorme outdoor sobre a praça Tiradentes era um modelo antigo de LED, mas ainda era o maior e mais caro espaço de anúncios do centro. O atual era da Santa Igreja de Salomão e exibia ninguém menos do que Jesus Cristo, seu garoto-propaganda oficial. O rosto fino e sorridente exibia uma combinação perfeita de barba, bigode e cabelos compridos e lisos. As maçãs do rosto marcavam a ossatura. Um ser humano seguindo todos os padrões estéticos vigentes. Não possuía traços árabes, mas sim as características popularizadas pelos artistas desde o Pantocrator bizantino — por isso os fiéis aceitavam o modelo como uma réplica fiel de seu salvador.

Entre os *roots*, Nina já tinha escutado um boato sobre a origem daquele Jesus. Diziam que havia nascido em uma sede da Santa Igreja através de uma inseminação em laboratório, com uma tecnologia genética avançada que havia permitido que escolhessem cada detalhe das características físicas dele. Nina não sabia se era verdade, mas era mesmo estranho; não parecia natural. Os *roots* o apelidaram de "Jesus sintético".

Ao desviar o olhar, notou que estava zonza e ainda um pouco nauseada. Apesar da confusão mental, percebeu que os dois amigos não estavam com ela. Talvez estivessem em outro veículo.

— Pode ficar calada, se quiser — continuou a voz masculina. — Tenho a impressão de que você vai querer falar quando chegarmos na central.

Lídia Gaber foi chamada para uma conversa particular.
— Você vai ficar com a divisão dos *roots*.
O delegado Eric era um homem direto. Lídia sabia que era bobeira esperar que ele fosse mais cuidadoso ao dar a notícia, mas ainda assim ela perdeu o controle dos músculos e sua face se contorceu em uma expressão de horror.

— Pensei que o senhor ia me ajudar — arriscou Lídia.
— Essa é a ajuda. Eles queriam te rebaixar a assistente da academia.
— Canalhas.

Lídia se sentou em frente à mesa de Eric, mesmo sem ter sido convidada. Notou a expressão contrariada do superior, mas fingiu estar mais interessada na conversa.

— Você sabe o que aconteceu quando quis proteger aquele suspeito, não sabe?
— Fala sério. Acha mesmo que, ao longo dos seus trinta anos de polícia, nenhum oficial agiu por conta própria?
— Não sou ingênuo. O problema é que você foi a única pessoa burra o bastante pra registrar isso no relatório. Ao me informar oficialmente que fez uma investigação não autorizada, me obrigou a tomar uma atitude, senão eu teria que responder à Secretaria de Segurança.

Mais uma vez, Lídia precisou mastigar a hipocrisia do batalhão, mas estava ciente disso quando entrou para a polícia paramilitar.

— A divisão *root* não tem futuro, e o senhor sabe disso — protestou a policial.

— Lídia, eu só tomei essa decisão porque tenho um profundo respeito pelo seu pai. Só cheguei aonde estou por causa dele. Se não te considerasse como uma sobrinha, eu nem sequer teria me preocupado em designar uma nova missão para você.

Lídia se calou. Sempre que o pai era citado, pensava duas vezes antes de retrucar.

— Além do mais, não era você que vivia reclamando de como a polícia trata essa gente? Está aí a chance de fazer alguma coisa diferente.

— Agora você está jogando sujo.

— É sério. — O delegado baixou a voz. — Isso fica entre nós, mas, se cumprir a missão, eu te consigo aquela reunião com o secretário de segurança para apresentar as propostas de reestruturação da polícia.

Lídia lançou um olhar desconfiado para Eric.

— Você mesmo disse que essas propostas nunca vão pegar. Que policial vai querer ser ensinado a não ser violento com gente pobre?

— Vamos esclarecer uma coisa. — Ele se ajeitou na cadeira. — Ainda acho um desperdício de tempo, mas posso fazer um esforço para você tentar vender o peixe para a Secretaria. A apresentação ainda vai ser com você.

Lídia sabia que o delegado não era de dar falsas esperanças à equipe.

— Me fale mais sobre a missão. Quem foi o maluco que pediu a ação da divisão *root*? — perguntou ela.

Em resposta, Lídia recebeu uma notificação na *smartself*. Viu o nome do delegado seguido por uma solicitação de envio de arquivos. Depois de ler parte dos documentos por alguns segundos, retomou a conversa.

— Por que querem a divisão *root* nisso?

Eric deu de ombros.

— Acho que roubaram alguma coisa de valor. Não me deram detalhes.

— Como vou resolver esse caso sem saber o que tenho que recuperar?

— Você não tem que recuperar nada. Eles só querem pegar o criminoso, e pra isso você já tem as informações disponíveis.

— E quem são os *roots* com quem vou ter que trabalhar?

— O cliente pediu especificamente *roots* com um certo perfil. Prenderam uns de madrugada. Se você conseguir fazer com que colaborem, vai trabalhar com eles.

Lídia respirou fundo. Não havia saída: precisava ter sucesso na missão. Senão, seria enviada para ajudar na academia e a carreira dela estaria acabada. Não que treinar novos policiais fosse ruim — ruim era ter que ensinar a eles um método que ela própria condenava. Aquilo não era uma opção.

— Me manda as fichas. Vou dar uma estudada no caso.

Depois do almoço, Nina e seus cúmplices foram retirados da cela. Os três aguardaram algemados em uma sala privativa com duas câmeras em cantos opostos.

Uma dupla de policiais armados controlava a porta pelo lado de dentro. Nina percebeu que seguravam as armas em posição de vigilância, apoiadas nos troncos e apontadas para baixo. Não precisariam se esforçar muito para disparar, caso fosse necessário.

A porta se abriu.

— Podem esperar lá fora — disse uma mulher para os guardas.

Ambos se retiraram. As típicas máscaras lhes cobriam todo o rosto, mas o caminhar lento e os movimentos vagarosos demonstravam a má vontade para atender às ordens da policial sem capacete.

— Meu nome é Lídia Gaber — disse a mulher. — Sou a policial responsável pela divisão *root* aqui no departamento central.

Nina encarou a policial de cabelo preto e liso que batia pouco acima do queixo, com uma mecha branca descendo pelo canto do rosto. Tinha o hábito de catalogar todos os policiais que via sem máscara. Teria tirado fotos, se a *smartself* estivesse funcionando, mas o *no-smart* ainda surtia efeito. Nina se limitou a memorizar o nome de Lídia para investigar em outra ocasião.

— Vocês vão pegar no mínimo quinze anos de prisão — continuou a policial. — Isso se derem sorte com o juiz, que já deve estar chegando…

— E agora — interrompeu Nina — você vai falar sobre como somos sortudos e nos oferecer um trabalho, né?

Tera abriu um sorriso silencioso. Iza não segurou a gargalhada — e até forçou um pouco para provocar Lídia.

A policial pareceu hesitar por um instante, mas não gaguejou ao responder.

— Estou autorizada a oferecer a cada um de vocês uma passagem para a colônia internacional Chang'e. Se não estiverem interessados, digam de uma vez para que eu possa selecionar outros *roots*.

Os três ficaram calados. Nina olhou para os lados. Tera exibia a expressão desconfiada que adquiria sempre que um estranho se aproximava do trio. Ele era alto e musculoso, mas o olhar estava mais para sério do que para ameaçador.

Iza encarava Nina, como se esperasse que ela tomasse a decisão pelo grupo.

Nina não queria cooperar com os policiais. Seria obrigada a esquecer qualquer chance de conseguir trabalho no submundo se o fizesse.

Por outro lado, era a colônia Chang'e. Não era uma oferta que se ouvia todo dia.

— A passagem pode ser transferida a outra pessoa? — perguntou Nina.

Tera e Iza a olharam, surpresos.

— Se não for um *root*, pode — respondeu a policial.

O cenário havia se invertido. Lídia Gaber encarava os três com confiança. Havia conseguido a atenção deles e sabia disso.

— Qual o nome da pessoa para quem você quer dar a passagem? — perguntou Lídia.

Nina olhou para os colegas. Com o olhar, Tera disse que compartilhar a informação era decisão dela. Iza fez o mesmo, mas com uma expressão abobada, como se a resposta fosse óbvia.

Ela acabou respondendo.

— Paulo Santteles.

— Vou ver o que posso fazer.

Lídia saiu da sala, deixando os três sozinhos.

— Acho isso tudo uma merda — explicou Nina aos colegas —, mas fala sério. Acham que a gente vai ter muita escolha quando sair daqui? Se formos presos, vamos perder os contatos que nos ajudam a arrumar uma grana. Além disso, eles inibem o uso de *smartself* entre os presos. Se a gente cumprir a pena, vai ser rastreado pelo resto da vida e entrar no programa de reabilitação escroto que eles criaram.

Tera balançou a cabeça. Iza, como sempre, sentiu a necessidade de verbalizar a indignação.

— Só tem desgraçado!

— Para com isso — repreendeu Nina. — A gente precisa resolver uma coisa importante aqui. O que a gente queria desde o começo era uma passagem pra colônia. Seriam muitos serviços até a gente conseguir pagar por alguma coisa assim.

— Você sabe que isso aqui tá suspeito, né? — retrucou Tera.

Nina deu de ombros.

— É óbvio, mas me responde uma coisa: alguém aqui acredita que eles vão julgar a gente e mandar pra cadeia caso a gente diga não?

Silêncio e mais nada.

— Exato! — pontuou Nina. — A gente é procurado faz tempo. Aposto o que vocês quiserem que já tem um grupinho de extermínio se rasgando de vontade de ouvir um "não" nosso aqui.

Iza coçou a orelha com o dedinho.

— Vocês acham que ela tava falando sério sobre o negócio das passagens?

— Só se você acreditar em Papai Noel... — disse Nina.

A conversa foi interrompida com o retorno de Lídia.

A ficha de Paulo apareceu em uma das paredes da sala, bem ao lado esquerdo de Nina. Lídia estava acessando as informações pela *smartself* e compartilhando as imagens na tela, já que os três estavam com os sistemas pessoais bloqueados.

Depois de alguns comandos e movimentos nas imagens projetadas na parede, Nina viu o nome de Paulo ser aprovado para uma solicitação da colônia. Também viu os nomes Yvan Batista e Izabel Granado serem adicionados à lista — os nomes de Tera e Iza.

— A próxima viagem é daqui a dois meses — explicou Lídia. — Posso retirar os nomes até quinze dias antes, mas, se vocês forem legais comigo, a passagem vai estar garantida. Temos um acordo?

Os três se entreolharam. Nina não sabia ao certo por que os colegas confiavam tanto nela para responder por todos, mas torceu para que isso não mudasse.

— Fechado.

A policial não sorriu. Apagou as imagens na tela e balançou a cabeça, satisfeita. Encarou Nina e, antes de deixar a sala, deu um último aviso:

— Você foi nomeada a líder da equipe. Seus colegas parecem confiar em você. Se algum deles sair da linha, você vai responder a mim.

3.

A *smartself* de Nina estava voltando a funcionar. Já dava para ver as informações sobre o clima frio e a localização. Notou uma notificação de mensagem criptografada, mas não quis acessá-la.

A noite trazia a neblina de Curitiba. Como qualquer outra coisa no país, o sistema de resfriamento subterrâneo fora construído anos antes, com tecnologia já obsoleta que não funcionava mais como deveria.

Nina fechou o sobretudo preto. Com as mãos escondidas nos bolsos, despediu-se dos colegas e rumou até a estação central ao lado do antigo prédio dos correios e da sucateada universidade federal. Acotovelou-se com quase dez pessoas dentro do elevador cilíndrico, que subiu até o tubo de acrílico que servia como ponto de ônibus. Como sempre, abriu passagem à força por entre as pessoas que tentavam entrar no elevador antes que se esvaziasse. O biarticulado chegou pouco tempo depois, um imenso ônibus azul com três cabines grandes presas por enormes ligas sanfonadas que facilitavam as curvas. O veículo percorria o espaço aéreo da cidade em uma via própria. De todas as aerovias, a do biarticulado era a mais próxima do chão. Acima dele, andavam os poucos carros policiais e, na última camada, próximo ao topo dos arranha-céus, circulavam os carros particulares dos poucos que podiam pagar por eles.

A *smartself* se conectou sozinha ao sistema audiovisual do biarticulado. A passagem era cara e, assim que alguém entrava no elevador, um sistema debitava da conta do usuário o valor correspondente à viagem. O sistema não aceitava criptomoedas, mas Nina, que havia muito abandonara o novo real, utilizava um aplicativo de conversão que permitia fazer as transações. Ela respirou fundo. Tera a havia ensinado a bloquear o áudio das propagandas do transporte urbano na *smartself*, mas os comerciais ainda eram exibidos por todo o trajeto. Ainda que fechasse os olhos, continuaria vendo as imagens. Boa parte das propagandas era da Santa Igreja de Salomão. A imagem sorridente e medonha do "Jesus sintético" convidava a todos para uma visita ao principal templo curitibano. A tortura teve fim quando ela chegou ao destino, um dos tubos do Cajuru.

Caminhou por algumas quadras e avistou um par de carrinheiros puxando as carroças elétricas em busca de sucata. Logo viu a senhora carregando sacos de lixo para fora de casa e depositando-os na caçamba mecânica na sarjeta. A velha andava devagar, com o tronco encurvado. Nina engoliu em seco, preparando-se para a única visita que a deixava mais desconfortável do que trabalhar com a polícia.

— Oi, mãe.

Viu as pupilas da velha se movimentando. Eram as lentes de contato fixas que ela havia implantado anos antes. As rugas eram tudo o que restava no rosto de uma mulher cansada. Sempre que Nina a via, o que não era tão frequente, tinha a impressão de que a mãe voltara da guerra.

— Você está sóbria desta vez? — perguntou a mãe.
— Eu tô sóbria faz tempo, você sabe.
A senhora balançou a cabeça.
— Com você, a gente nunca sabe.
Em seguida veio o silêncio, dando ao vento sutil e agudo a oportunidade de ser ouvido. A velha deu uma tossida. Nina levantou as mãos, como se tentasse provar que era inofensiva.
— Posso me aproximar?
A mãe olhou para trás, procurando alguma coisa nas janelas da casa. O Cajuru era um dos últimos bairros que ainda não tinham sido tomados pelos prédios. Ainda havia muitas casas, embora quase sempre muito antigas e sem a devida manutenção.
— Não vou fazer cena, mãe. — Nina tentou não soar provocativa.
— Sempre que ele te vê, fica deprimido por dias.
Nina respirou fundo e parou em frente à velha, passando os olhos pelas rugas bem delineadas.
— O que é isso? — perguntou a mãe, segurando com delicadeza o pulso esquerdo da filha. Quando aproximou o rosto, notou o emblema da polícia paramilitar. — Então, finalmente aconteceu…
Nina não respondeu.
A mãe suspirou.
— Se cuida, minha filha.
Quando ela deu as costas, Nina achou que o constrangimento havia sido uma perda de tempo. Tentou fazer uma transação com a *smartself*.
— O que é isso? — perguntou a mãe.

— É todo o dinheiro que eu tenho.

— Sabe que não posso aceitar isso, Nina. Se a polícia rastrear…

— Fiz a conversão entre três criptomoedas diferentes. Aqueles palhaços nunca vão perceber.

— Você dizia que aqueles palhaços nunca iam te pegar, e olha só no que deu.

A mãe apontou para o bracelete da filha.

— Se tivessem percebido, eu não teria dinheiro algum pra te dar agora.

— Você sabe que não é pelo dinheiro, não sabe, Nina?

— A gente não tem que falar sobre isso. Vim aqui por outra razão.

— Não vou te deixar falar com o Paulo.

Nina sentiu os pulmões se encherem de ar, mas, antes de expelir tudo em um grito, fechou os olhos e tentou se acalmar.

— Tô fazendo um trabalho pra polícia. Eles arrumaram uma passagem pro Paulo, pra daqui a dois meses.

A senhora arregalou os olhos. Nina sempre notava como ela tentava esconder quando se surpreendia com a filha.

— Vim me despedir — completou.

A velha assentiu.

— Mandei uma mensagem pra ele vir aqui. Por favor, não faça a despedida ser mais dolorosa do que precisa ser.

A senhora tocou o rosto da filha. Por um instante, Nina sentiu um calor que não sentia havia anos. Também viu no rosto da mãe o custo da vida próximo de ser saldado.

De dentro da casa saiu um rapaz magro, de cabelos compridos e ondulados. Usava um moletom preto com o símbolo da escola em que estudava. Tinha a pele preta de Nina.

— O que foi, vó?

Paulo parou quando viu a visitante.

— Tá tudo bem, Paulo — disse a senhora. — Ela tem uma coisa pra dizer e vai embora logo depois.

Paulo meteu as mãos nos bolsos do moletom e baixou a cabeça. Nina percebeu que ele evitava seu olhar, mas ela falou assim mesmo.

— Oi, filho.

A mãe encarou Nina com mais tristeza e dor do que de costume, depois disse que ia deixá-los a sós.

— Você tem dez minutos. Ganhei uns convites para o culto do fim de semana. O Profeta vai falar na igreja. Acho que Jesus também vai estar lá. Você devia ir com a gente.

Fazia anos que Jesus não aparecia em público, mas as propagandas dúbias da Santa Igreja incentivavam o erro dos fiéis em acreditar que o Messias estaria presente. É óbvio que a mãe sabia a resposta que Nina fizera questão de repetir a vida inteira.

— Por favor, não gasta o dinheiro com a igreja.

Nina a observou entrar na casa. Teve a sensação de que seria a última vez que a veria. A velha caminhava devagar, segurando-se à vida por um fio.

Apesar de qualquer reclamação que tivesse da mãe, ainda existia compaixão ali. Discordava dela em quase tudo, mas nunca deixaria de respeitá-la. Devia demais a ela, e nem com uma colônia inteira poderia pagar essa dívida.

— O que você quer? — perguntou Paulo.

Nina exibiu o bracelete.

— Tô fazendo um trabalho especial.

— Tá trabalhando com os cana agora?

Havia ressentimento e provocação na voz de Paulo. Nina chegou a sentir uma pontada de orgulho ao notar o asco que o filho tinha da polícia.

— Se der certo, vou conseguir uma passagem pra você ir pra colônia Chang'e.

— Vai me mandar embora, então?

Paulo tirou as mãos dos bolsos.

— Vai ser melhor…

— Só se for pra você. — Ele ergueu a voz. — Já saquei que não quer ficar comigo, mas vir aqui fingir na minha cara é forçado até pra você.

— Para com isso, Paulo. Você sabe que não é assim.

— Eu não quero ir pra colônia nenhuma. Pode dar a passagem pra outra pessoa.

— Ei, deixa de ser burro! Olha isso aqui. — Nina gesticulou ao redor. — Este país não presta. Você sabe do que eu tô falando. Pode se esforçar, estudar, se matar de trabalhar e ainda ser visto como bandido. O que eu quero é mandar você pra um lugar onde as coisas não sejam assim, ou no mínimo sejam menos piores.

Paulo chutou uma pedra.

— Menos pior seria se você não tivesse ido embora.

O filho entrou na casa, abandonando a mãe na noite fria.

O sorriso bobo de Félix Marciano se devia ao vídeo a que assistia pela *smartself*. Nele, a filha usava um biquíni amarelo com rendas cor-de-rosa e estampado com cachorrinhos coloridos, além de um par de boias nos braços. Uma voz feminina deu o comando:

— Dá tchau pro papai! Eu tô filmando!

A menina de pele branca alargou um sorriso para a câmera e abanou as mãozinhas, depois correu pelo deque de madeira e mergulhou na lagoa artificial. Diferentemente de Curitiba, fazia um sol brilhante no local onde o vídeo havia sido gravado. Depois que a menina mergulhou, ressurgiu na superfície um segundo mais tarde, tirando o cabelo molhado dos olhos. A voz feminina gargalhou. Félix conhecia aquela voz melhor do que ninguém: sua esposa sempre filmava as pequenas aventuras da filha para compartilhar com o marido, e ele não se cansava de agradecer. Era a quinta vez que assistia ao mesmo vídeo enviado naquela tarde.

Minimizou a janela assim que notou a notificação no canto dos olhos. A maior parte estava desativada, já que ele preferia deixar para verificar tudo de uma só vez, mas um número reduzido de pessoas tinha permissão especial na *smartself*. Pessoas que não usavam o sistema de comunicação de forma leviana. Pessoas que ele não queria deixar esperando. A mensagem de texto fora enviada por seu advogado, Dário Mantolvani, informando que ele já estava na sala de espera do lado de fora do escritório. De imediato, Félix abriu as portas. Dário se levantou do sofá e entrou.

— Boa noite, deputado.

Félix apertou a mão do advogado.

— Dário, meu querido, já disse que prefiro que me chame de apóstolo.

Félix sorria. A calma na voz dele sugeria mais uma correção amigável do que uma bronca. Dário Mantolvani assentiu e repetiu a saudação, dessa vez usando o título sugerido.

O apóstolo sabia a razão da presença do advogado: precisavam conversar sobre a estratégia. Em geral, eram coisas que podiam ser revolvidas pela internet, mas aquele era um trabalho especial. O Profeta em pessoa havia depositado aquela responsabilidade nas mãos de Félix Marciano, o que era um grande motivo de orgulho. Assim, ele havia decidido que as reuniões seriam todas presenciais. Queria poder garantir ao Profeta que cuidava de tudo com o máximo de zelo.

Dário se acomodou em uma poltrona de couro ao lado da grande janela com vista para o aglomerado de arranha-céus de vários formatos e cores. O escritório de Félix Marciano ficava em uma das torres da sede curitibana da Santa Igreja de Salomão.

— Primeiro, precisamos resolver uma questão de segurança — disse Dário.

Félix assentiu. O sistema de segurança dos servidores da Santa Igreja era bom, mas de vez em quando era invadido. Não era comum, mas não podiam deixar que passasse em branco. Félix enviou uma mensagem para a secretária, que mandou entrar outro homem que aguardava do lado de fora.

Ele parecia ter pouco mais de quarenta anos. Usava uma camisa branca e uma gravata vermelha. Apesar do cabelo castanho ainda ser volumoso, já demonstrava sinais de calvície.

— O senhor mandou chamar? — perguntou o homem.

Félix fez um gesto em direção à cadeira do outro lado da mesa, onde o homem se sentou. O apóstolo abriu na interface um arquivo com todos os dados do recém-chegado. Depois de alguns minutos de leitura, diminuiu a opacidade da imagem para que pudesse enxergar o sujeito sem nenhum obstáculo visual.

— Sabe por que está aqui, Carlos?

— Houve uma... — gaguejou Carlos. — Uma falha de segurança.

— Alguém invadiu nosso sistema outra vez.

Carlos engoliu em seco.

— Sabe que não podemos tolerar isso, não é mesmo?

Félix se ajeitou na cadeira para se inclinar um pouco mais para a frente.

— Senhor, eu trabalho aqui há quase quinze anos...

Félix ergueu a mão espalmada. Carlos parou de falar. O apóstolo viu um fio de suor escorrer pela lateral da testa do homem.

— Não estou responsabilizando você pela falha. Você está aqui por outra razão. Conhece o Marcondes?

— É o responsável pela nossa segurança digital.

— É também de um dos setores que você lidera. Então imagino que conheça nosso protocolo para essas ocasiões.

— Por favor, senhor, não acho que ele deva ser demitido. É um bom homem. Um bom funcionário.

Félix assentiu e juntou as mãos, tocando apenas as pontas dos dedos.

— Concorda que essa falha é muito séria para nós?

— Não há dúvidas. Mas conheço o Marcondes há muitos anos. Tudo o que ele faz é pelo bem da Santa Igreja. Sempre foi um funcionário exemplar, um dos mais leais que temos. Sei que a falha de segurança é um problema, posso transmitir sua insatisfação a ele e garantir que ele vai resolver tudo, mas perder o emprego por causa disso...

Félix Marciano ficou de pé e observou a cidade pela janela de vidro.

— Não dá para ser assim, Carlos. Se eu mantiver o emprego de Marcondes, vamos passar uma mensagem errada para todos no setor. Nossos servidores guardam mais do que registros de cultos. Temos aqui toda a saúde da Santa Igreja, e em breve vai haver muito mais para ser guardado. Eu seria um péssimo líder se meus outros funcionários não aprendessem a levar nossa segurança a sério. Você sabe que só existe uma opção.

Carlos baixou a cabeça.

— Ele vai ser demitido.

— É pouco.

O olhar de Carlos ficou sombrio. Antes que ele pudesse perguntar, Félix explicou:

— Marcondes vai perder o emprego e o currículo. Vamos apagar do banco de dados todas as conquistas e experiências dele.

— Se os senhores me permitirem fazer um pedido… — arriscou Carlos. — Será que podem manter a bolsa de estudos da filha do Marcondes? Ela tá indo pra faculdade, é uma menina tão estudiosa, e não tem culpa de nada…

— Não vai ser possível. — A resposta direta do apóstolo calou Carlos. Félix se virou com o olhar mais frio que uma pedra de gelo. — Você conhece o protocolo.

Claro que ele conhecia. A expressão de terror nos olhos de Carlos era prova suficiente de que ali estava um funcionário com grande conhecimento da política da Santa Igreja. A lei do Profeta era clara: a família paga pelos erros de um.

Antes que Carlos irrompesse em lágrimas, Félix o segurou pelos ombros e o perfurou com o olhar.

— É bom que tenha misericórdia, Carlos, mas é melhor ainda que saiba o significado da justiça. Marcondes não merece sua amizade.

Carlos engoliu qualquer palavra que pudesse ter a dizer. O apóstolo continuou:

— Já promovemos alguém ao cargo de Marcondes. Na próxima semana, ele treinará o substituto. Vai ensinar tudo o que sabe e compartilhar toda a experiência como se estivesse feliz com isso. Quando acabar, Marcondes vai pra casa, mas o novo funcionário ainda poderá entrar em contato de tempos em tempos pra tirar dúvidas. Marcondes o atenderá todas as vezes, não importa a hora do dia ou da noite. Vai responder tudo o que ele perguntar e não vai receber um centavo por isso, porque não é consultoria, e sim um ato de arrependimento. Se Marcondes for o devoto leal pelo qual você advogou aqui, não vai ousar cobrar nada do Profeta depois de decepcioná-lo desse jeito.

Félix Marciano não ergueu a voz. A fala era mansa e firme. Carlos concordou com tudo, e então deixou a sala.

Dário se levantou e informou ao apóstolo que o setor jurídico já havia cuidado de todos os trâmites legais para a demissão de Marcondes.

— Agora, temos o outro assunto para tratar. — Dário enviou alguns arquivos para Félix, que voltou a se sentar e aceitou o envio.

— Já era tempo. Finalmente vamos conhecer quem a polícia recrutou para a missão que demos.

4

— Uma das suas amigas ainda não chegou — disse o policial.

Ele nem se esforçava para disfarçar a provocação. Lídia ignorou a chacota, mas, quando entrou na sala onde os *roots* a aguardavam, ficou furiosa.

— Onde está Izabel? — perguntou ela.

Os dois criminosos estavam de braços cruzados. Haviam chegado no horário, mas não se mostravam inclinados a falar.

Lídia havia consultado o histórico de localização dos três na noite anterior. Descobrira que a moça atrasada não estivera sozinha.

Ela se aproximou do único homem na sala, sem se deixar intimidar pelo tamanho.

— Sei que vocês estavam juntos ontem à noite, Yvan. Alguma ideia de onde sua colega possa estar agora?

O *root* olhou para o lado.

— Estou falando com você. É melhor olhar pra mim e responder — insistiu Lídia, puxando o rosto barbado do homem e forçando-o a encará-la.

— Ele não vai fazer isso — respondeu Nina. — Só vai falar se e quando eu disser que pode. Sabe como é, ele gosta mais de mim do que dos cana. Além do mais, você já deixou um suspeito fugir antes. Esquece a Iza, a gente se vira sem ela.

Lídia franziu o cenho e cruzou os braços. Estava pronta para rebater, mas Nina falou antes:

— Não me olha assim, a gente não invadiu seu sistema ainda. São os cana. Eles falam muito. Ouvi pelo menos duas vezes pelos corredores alguém falando de você.

— Você não faz ideia do que aconteceu. — A voz de Lídia havia adquirido um tom severo e alterado, muito próximo de um grito. Ela respirou fundo e continuou: — Vocês não entendem a seriedade da situação. Se Izabel for um problema, a missão já era, vocês vão presos. Os braceletes não estão aí porque queremos incentivar o turismo na cidade.

— Claro que não. — Nina riu, como se tirasse sarro da interpretação de Lídia. — Fizeram isso pra saber se alguém tinha contas a acertar com a gente. Antes de informar sobre a missão, vocês queriam ter certeza de que ninguém ia estourar nossa cabeça. A divisão *root* não é uma coisa nova, a gente já viu morte na "noite de liberdade rastreada". É como vocês chamam, né? A gente prefere chamar de "teste de carcaça". O teste pra ter certeza se o precioso *root* vai ficar vivo pra fazer a missão.

Lídia retomou a postura. Apertou os lábios, tentando não demonstrar mais raiva.

— As coisas vão ser como a gente quiser. Gostando ou não, é isso ou a cela. Se você vai tentar bancar a malandrona comigo toda vez, pode me avisar agora. Tiro o nome do seu filho da lista e escolho outro *root* desmiolado pro serviço.

As duas se encararam.

— Engraçado você cobrar respeito da nossa parte, *detetive*. Em nenhum momento chamou a gente do jeito certo. Essa é uma pequena demonstração dos motivos pelos quais a gente despreza a polícia. Nenhum de vocês está disposto a dar aquilo que cobra da gente o tempo todo.

Se a conversa tivesse acontecido com qualquer outro policial do departamento, a missão estaria cancelada, os *roots* seriam presos e Nina se apresentaria à cela com misteriosos hematomas no rosto. Por um segundo, Lídia chegou a se flagrar com vontade de fazer o mesmo, mas foi trazida de volta pelo de sempre: a memória do pai. Era impossível que aquela *root* conhecesse a história a ponto de usá-la contra Lídia, mas ela ainda precisou respirar fundo para que o cérebro se convencesse de que não passava de coincidência.

— Como vocês querem ser chamados?

Os dois *roots* se entreolharam, confusos.

— Estou tentando dar o que vocês pediram — disse a policial. — Vai ser mais fácil se responderem.

— A gente meio que esperava ser eletrocutado depois disso — explicou Tera. — Pode me chamar de Tera.

— Nina — disse a outra. — E a sua preocupação com a Iza é besteira. Ela costuma se atrasar pra tudo, daqui a pouco ela chega.

Lídia assentiu. Começou a acreditar que, com a abordagem apropriada, poderia fazer aquela equipe funcionar. Claro que não seria fácil — uma das integrantes ainda estava ausente.

— Vocês precisam trazer a Iza pra cá até o meio-dia. Meu delegado só precisa de uma desculpa pra botar vocês na cadeia, e o atraso dela pode ser mais do que suficiente.

Lídia compartilhou a localização de Iza com os dois.

— E por que a gente tem que atravessar a cidade só pra trazer ela pra cá? — perguntou Nina. — Vocês têm carros voadores.

— A polícia não vai autorizar esse tipo de custo. Mandar vocês é mais barato. Mas aviso que o sistema da polícia paramilitar vai enviar uma equipe de busca ao meio-dia. Não tenho poder sobre isso, é assim que as coisas são. É melhor que estejam aqui.

— Engraçado. Pra prender a gente vocês têm dinheiro de sobra, né?

— Você confia na detetive? — perguntou Tera.

Nina caminhava ao lado do amigo, os dois guiados pelo minimapa com a localização de Iza no campo de visão. Ainda podia ver a mensagem criptografada piscando no canto. Quando a abriu, encontrou um arquivo chamado *combat.exe* em anexo, acompanhado de uma única mensagem: "Instale". Tinha todas as características de um *modpack*, mas Nina não havia encomendado nenhum, e o remetente era anônimo. Resolveu ignorar a mensagem.

— Não tem essa de policial gente boa. Ela é, no máximo, esquisita.

Ela não prestava mais atenção no cenário de luzes e outdoors. Normalmente, as propagandas luminosas eram integradas às *smartselfs* da população, que tocavam músicas e disparavam mensagens para qualquer pessoa no raio de alcance — não era o caso dos *roots*. O processo *root* não passava de um software que burlava o sistema de segurança da *smartself*, dando ao usuário a liberdade para fazer as alterações que bem entendesse. Era um processo irreversível: se você fazia o *root*, tornava-se um *root*, parte de uma classe social marginalizada. Não era crime, mas era uma prática malvista. O usuário em questão também perdia o direito ao chamado policial e ao uso de serviços públicos, como hospitais. Uma das primeiras ações dos *roots* depois de quebrar a segurança das *smartselfs* era dessincronizar o usuário com as propagandas espalhadas pela cidade.

Alguns metros acima da cabeça dos pedestres passava o biarticulado, sempre em lotação máxima, e, na altura exata dos anúncios voltados à classe média, havia também os internos do serviço de transporte público. Perto do chão, ficava um universo mais familiar a Nina e a Tera. Muitas fachadas de bares, casas de striptease, prostíbulos e empresas-fantasma que ofereciam serviços ilegais. Para a classe média, aquilo tudo era um antro de criminalidade; para Nina, era onde se sentia mais à vontade. Perto do chão ficavam os *roots*, e eram poucas as empresas que queriam anunciar algo entre eles. A maioria das propagandas exibidas no solo era da Santa Igreja de Salomão.

Ao passar por um outdoor estampado com o "Jesus sintético", Tera balançou a cabeça, e então tocou o crucifixo de madeira que trazia pendurado no pescoço, quase escondido.

— O que é isso? — perguntou Nina.

Tera esboçou um sorriso.

— Era da minha mãe.

— Vai dizer que acredita nessa merda? — Nina apontou com a cabeça para uma das propagandas da Santa Igreja.

Tera revirou os olhos.

— Nunca. Minha mãe era religiosa, e, quando eu falei que era trans, as coisas ficaram muito estranhas entre a gente. Ela queria que eu fosse pra igreja me "curar". — Tera simulou aspas com os dedos. — A gente brigou muito, mas no fim ela acabou entendendo, eu acho. Ela se foi há alguns anos. Guardo isso como lembrança.

— Foi por isso que você fez o *root*?

— Foi. Esse mundo é um lugar escroto, e, se eu queria sobreviver, precisava ir pro único lugar onde minha existência não seria um problema.

Nina desalinhou as sobrancelhas.

— O submundo?

— Não é que não tenha preconceito por aqui, mas pelo menos isso não me impede de arrumar trabalho.

— Ainda acho estranho você andar com esse troço por aí.

— Eu sei. — Ele riu. — Minha velha entrou numa de que a filha tava morrendo pra que o filho pudesse nascer. Não a culpo, sabe? Foi difícil pra mim, deve ter sido difícil pra ela também. Ela chegou a me chamar de filho, no fim das contas, e eu sempre vou ser grato por isso. Quando ela morreu, eu me senti mais sozinho do que nunca.

Os dois ficaram em silêncio. Entraram em um tubo e pegaram um biarticulado com direção ao Barigui, bairro onde Iza estava localizada no minimapa.

Nina sabia bem o que era ser uma decepção — no seu caso, para o pai —, mas não tivera um final feliz. Apesar de ser contra qualquer símbolo religioso, decidiu respeitar a memória do amigo.

Um sinal verde surgiu no minimapa de Nina. Estavam próximos ao paradeiro de Iza. Desceram num tubo próximo ao antigo parque Barigui, um local tão poluído e abandonado que era difícil imaginar o que Iza estaria fazendo nas redondezas.

— Conhece essa região? — perguntou ela.

— Não tem gente morando aqui, que eu saiba.

O cheiro do esgoto a céu aberto era forte. Dificultava a respiração. Por entre as árvores mortas e a velha pista de corrida esburacada havia uma dezena de capivaras mecânicas enferrujadas. Apenas duas ainda pareciam funcionar.

Tera tirou do casaco dois objetos parecidos com pequenas máscaras de gás e entregou um deles a Nina.

— Prende no nariz. Vai sincronizar com a *smartself* via bluetooth.

Nina seguiu as instruções. Enxergou uma lista com níveis de intensidade.

— Qual intensidade é melhor?

— Pode ir na leve. O ar não é tóxico. Pelo menos, não mais do que a média.

O cheiro de podridão sumiu. Na verdade, foi o olfato de Nina que desapareceu — ela respirava, mas sentia a ação tecnológica no organismo. O objeto vibrava a cada inspiração.

— Vai mandar uma mensagem pra Iza? — perguntou Tera.

— Ela tá *off*. Tem que ser no método analógico: procurar e achar.

O localizador estava no bracelete de rastreamento policial. Iza não tinha acesso às configurações, o que aumentava as chances de ela ainda estar usando o objeto.

Nina conduziu a caminhada até um prédio de três andares. Era uma construção antiga, cheia de janelas quebradas e remendadas com pedaços de madeira.

— Conhece esse lugar?

— Negativo — respondeu Tera.

— O que vocês estavam fazendo ontem à noite, afinal?

Nina pulou o pequeno portão e caminhou em direção à porta.

— A gente foi pro Lado B. Só dar um tempo, sabe? Última missão e tal. Eu ia te chamar, mas pensei que queria ver o Paulo.

— Pensou certo.

Nina bateu à porta. Quem abriu foi uma menina. Não devia ter mais do que nove anos.

No caminho de volta para o departamento de polícia, os questionamentos começaram.

— O que era aquele lugar? — perguntou Nina.

— Nada — respondeu Iza, que olhava para a frente com uma expressão concentrada.

Era o sinal de que estava distraída com a *smartself*.

— Vai ficar enrolando a gente agora, Iza?

— Não é da conta de ninguém.

— Não fode, Iza. Você se atrasou pro encontro de hoje. A gente quase rodou por sua causa. Vai me dizer pelo menos o motivo.

— Desculpa por isso. Não vou mais atrasar.

Tera pôs a mão no ombro de Nina e se aproximou do ouvido da líder.

— Já viu ela pedir desculpa antes?

— Nunca.

Nina teria que ficar de olho nela — ainda mais do que de costume.

5.

Quando os três *roots* entraram na delegacia central, Lídia observou o horário na interface. Ainda não era meio-dia.

Ao ficar a sós com eles, decidiu não perder mais tempo com sermões. Havia uma missão a ser cumprida, e ela havia passado as duas últimas horas convencendo Eric a não a abortar. Precisava de um resultado positivo tanto quanto aqueles três.

O homem alto e musculoso era o que menos chamava atenção. Iza tinha um moicano roxo e um piercing no queixo, e Nina usava dreads vermelhos e repicados nas pontas. Também era possível ver parte da tatuagem que começava no queixo, mas Lídia perdia o rastro pouco abaixo do pescoço, quando o desenho na pele de Nina se escondia atrás da camiseta. Era uma representação estilizada dos ossos humanos que estavam abaixo daquela carcaça cada vez mais digital, hastes pontudas que aumentavam conforme o desenho descia pelo corpo da *root*.

— Vai dizer qual é o serviço, detetive? — perguntou Nina.

Lídia precisou respirar fundo para não perder as esperanças.

— Um hacker conhecido roubou uma pessoa muito poderosa — explicou ela.

— Você quer que a gente recupere a tranqueira. — Tera cruzou os braços.

— Não. Só precisam pegar o safado.

Iza caiu na risada. Nina balançou a cabeça em negativa.

— Não é bem assim que funciona — explicou Tera. — Um hacker pode cometer uma série de crimes e ainda assim estar bem longe do local.

— Estou ciente, mas só tem um hacker que age direto em Curitiba e sempre deixa claro que é aqui que ele vai ficar.

Iza engoliu o riso.

Lídia compartilhou as informações com as *smartselfs* dos três. Aguardou uns instantes para que todos analisassem o conteúdo dos arquivos. Os bits piscavam em alta velocidade nos três pares de olhos. Era como se houvesse mil faróis acesos atrás de Lídia, projetando a luz para os *roots*, que a refletiam nas córneas.

— Quando você falou em hacker famoso, eu pensei no Trixter ou na Ice Poly Ice — disse Nina. — Seria um desafio, mas nada de outro mundo.

— Algum problema com a missão? — Lídia fez questão de que a voz soasse firme, sem demonstrar alteração. — Acha que não vão dar conta?

— Uma coisa é vocês fazerem o trabalho de vocês, prendendo um cara qualquer. — Já Iza não fez nenhuma questão de soar neutra; cada palavra era uma seta inflamada. — É bizarro, mas não surpreende. A polícia paramilitar não presta pra nada mesmo. Só não é pior do que o governo, é claro.

Nina tentou interromper a colega, mas foi ignorada.

— Calma aí, não terminei. Outra coisa é usar *roots* pra isso. Fala sério, vocês só querem que a gente morra. Por que não atiram de uma vez? Já fizeram isso antes.

Nina arregalou os olhos para Iza. Concordava com a amiga, mas não queria irritar os policiais além do necessário.

— O pior de tudo é chamar o Kalango de "hacker famoso" — prosseguiu Iza. — Vocês não sabem mesmo o que estão fazendo, né?

Lídia tomou um gole do copo d'água sobre a mesa e encarou Iza.

— A polícia vai usar *roots* por duas razões. A primeira é que o suspeito é uma figura conhecida no submundo, especializado em não deixar rastros. Jamais chegaríamos a ele como policiais. Agora, um bando de *roots* precisando dos serviços de um hacker talvez nos consiga uma pista.

Nina balançava a cabeça como se reprovasse a estratégia. Tera estava encurvado, encarando o chão. Iza tentava fazer bolas de chiclete.

— A segunda razão é que o Kalango roubou a Santa Igreja de Salomão, e eles querem que a investigação seja discreta.

A gargalhada descontrolada de Iza fez Lídia pensar que talvez devesse ter guardado os detalhes para si. Mas os três ficariam sabendo cedo ou tarde. Mais uma vez, ela precisava se apoiar na honestidade.

— Quer dizer — disse Nina — que a gente não tá só recuperando a grana de um almofadinha qualquer. A gente tá trabalhando pro Profeta.

Tera apertou o crucifixo. Lídia tentou recuperar a ordem.

— Se vocês pegarem o Kalango, vão pra colônia Chang'e. Não tem Santa Igreja por lá. Podem começar de novo, seus crimes do passado não vão fazer diferença. Sei que deve ser ruim trabalhar pra polícia, e talvez seja ainda mais desafiador encontrar o Kalango, mas estamos pagando bem pelo serviço. É melhor que não esqueçam.

Ela passou os minutos seguintes explicando os detalhes da missão. O primeiro passo seria retirar os braceletes dos três. Não conseguiriam nada se alguém descobrisse que estavam trabalhando para a polícia. Antes que qualquer um pudesse comemorar, no entanto, Lídia foi obrigada a informar que eles teriam as *smartselfs* rastreadas e as comunicações monitoradas, o que lhe rendeu um despejo de xingamentos exóticos da parte de Iza.

Quando a ordem foi restaurada, Lídia explicou o plano: os *roots* seriam a isca.

— E como a gente vai encontrar o Kalango? — Nina já se mostrava mais alterada. — Não é fácil conseguir a atenção dele. Além do mais, ele cobra caro. E esse nem é o maior problema! Ele escolhe os próprios trabalhos. São obstáculos demais.

— Isso é com vocês. — Lídia fechou os arquivos na *smartself* e caminhou em direção à porta. — Já disse antes, mas não custa reforçar: o sistema da polícia é automatizado. Se não reportarem a mim até amanhã, a missão vai ser abortada automaticamente sem que eu possa interferir em nada.

Assim que deixaram a delegacia, os três conversaram sobre o assunto. Não precisaram de muito tempo para chegar a uma conclusão: se quisessem ser bem-sucedidos, teriam que fazer as coisas do jeito deles. Quando aparecessem com um progresso real, Lídia acabaria aceitando o resultado.

— Se a polícia te dá uma missão impossível e manda você se virar, só tem um lugar pra onde você pode ir — constatou Tera.

Nina sabia bem do que ele estava falando.

O Lado B era um dos bares mais famosos e frequentados pelos *roots*. Funcionava sem chamar a atenção da polícia graças a um elaborado sistema de segurança digital que ninguém entendia direito. Por ser um local neutro, servia como chamariz para hackers em busca de *roots*. Bastava enviar uma geolocalização em tempo real para que uma negociação iniciasse. O Lado B não gostava de policiais, e o submundo adorava isso.

Quando escureceu, os três se encontraram lá.

— Vai procurar pela Aurora ou pela Sewer? — perguntou Nina.

Era uma perda de tempo utilizar a Surface — a internet comum. Havia várias *sidewebs* com sistemas de navegação mais complexos e criptografados. As duas citadas por Nina eram as mais populares.

— A Aurora é dominada pelos orgânicos — observou Tera, e arregaçou as mangas da blusa, exibindo os braços tatuados.

Iza foi dançar com algumas das moças do bar. Nina se sentou com Tera e aguardou que ele fizesse a busca na Sewer. A maior vantagem de um lugar como o Lado B era a antena clandestina de sinal de rede, um dos aparatos mais famosos criados pela comunidade *open source*. A comunidade que defendia o software livre também defendia a privacidade da rede e tinha antenas capazes de transformar qualquer lugar físico em um ponto incógnito, seguro.

Por se tratar de um procedimento livre de qualquer rastreio governamental, era uma tarefa lenta. Não era como baixar uma nova atualização para o sistema da *smartself*. Levava muito mais tempo, e o usuário não podia sair da localização durante o processo.

Iza dançava e trocava beijos com duas outras moças ao som do heavy metal industrial que fritava as caixas de som. O submundo tinha uma estranha fixação com tecnologia analógica. Nina aguardou sentada ao lado de Tera enquanto ele fazia os procedimentos iniciais.

Tera fez sinal para Nina, avisando que havia concluído as tarefas. Só precisavam esperar a notificação de que a busca havia sido concluída. Conversar ali era impossível devido ao barulho. Nina contornou o problema através da comunicação via chat de texto na *smartself*.

NINA
O que você acha?

TERA
Vai dar errado, como sempre.
O negócio é tentar amenizar o estrago.

Ela pediu dois drinques fortes o suficiente para anestesiar a pressão que sentia. Tera recusou ("Quando o serviço acabar…") e emendou a resposta em uma preocupação:

> TERA
> Acha que ela vai ser um problema?

Nina olhou na direção que Tera havia sinalizado com o queixo. Iza dançava até o chão, entre duas outras moças que equilibravam suas bebidas na mão e rebolavam até onde a física permitia.

> NINA
> A Iza é radical demais pra cooperar com os cana, mas sempre cumpre a parte dela.

> TERA
> Ela quase ferrou a gente hoje cedo, antes mesmo de começar o serviço.

> NINA
> Eu sei. Vou ficar em cima dela até descobrir o que ela tá tramando.

Tera assentiu.

Trabalhar com a polícia era mesmo uma sentença de morte para qualquer *root*. Se escapassem daquela vivos, nunca mais conseguiriam trabalho no submundo. Se fossem presos, teriam inimigos na cadeia. A única chance era cumprir a parte deles no acordo — uma missão cretina de tão impossível.

> NINA
> Vê o que consegue descobrir sobre o lugar onde buscamos a Iza. Vou falar com ela.

Deu trabalho convencer Iza a abandonar as duas mulheres, mas era Nina. Quando ela falava sério, a equipe costumava ouvir.

— Espero que você finalmente esteja querendo me provar — disse Iza, passando as mãos pelo corpo da amiga —, porque eu tava me dando bem ali. Até abasteci meu dente com uns doces diferenciados.

Iza sorriu, mas Nina estava confusa.

— Dente falso?

— É uma prótese. Meu último dente é oco, então consigo guardar algumas coisas especiais. Posso liberar o conteúdo com a *smartself*, mas também tem um botão pequeno na lateral, em caso de emergência.

As duas estavam em um segundo ambiente dentro do bar. A música ali era mais baixa, e o fluxo de pessoas, menor. Tratava-se de uma área escura, escolhida por bêbados para tirar um cochilo ou por casais excitados que não queriam saber de esperar chegar em casa.

— Iza, eu preciso que você tenha mais consideração…

— Calma, Nina, eu guardei pra você também…

— Tô falando do seu sumiço hoje cedo.

A resposta de Iza foi controlada:

— Não vai acontecer de novo.

— Pode me dizer pelo menos o motivo? O que era tão importante?

Iza não respondeu. Desviou o olhar.

— Já vi você fazer todo tipo de atrocidade — disse Nina. — Não tem nada que possa me dizer que vá me chocar.

Iza se sentou e apoiou o calcanhar sobre a mesinha em frente ao sofá rasgado. Nina respirou fundo.

— Prometo deixar essa passar se você me der a sua palavra de que não vai sujar pra gente de novo.

As duas trocaram um olhar que durou alguns segundos. Tinham um acordo.

No meio da madrugada, Tera conseguiu uma resposta. O cheiro de vômito na rua atrás do Lado B era cítrico.

— Tem um cara que pode conseguir o contato do Kalango — explicou Tera. — Mas, em troca, a gente precisa roubar uma bateria de lítio de algum carro voador.

— Manda ele ir buscar no inferno — disse Iza.

Tera ignorou Iza e olhou para Nina, que hesitou. Já havia convencido os amigos a aceitarem missões piores, mas estavam enrolados com a polícia justamente por causa de uma delas. Era difícil decidir pelo grupo quando tinha a sensação de que os tinha deixado na mão.

— O que você acha? — perguntou Nina a Tera. — Confia nisso?

Tera explicou que era um cara conhecido por muita gente no submundo como Bigorna. Apresentava um podcast subversivo e vivia escondido. Um contato quente: se não conhecesse o Kalango, podia muito bem saber de alguém que conhecia.

— Mas é uma bateria de lítio! — Iza parecia ter ficado sóbria durante a conversa. — Mesmo que esse cara não esteja mentindo, vamos chamar muita atenção. O Kalango vai ouvir falar da gente.

— É muito arriscado e não tem garantia nenhuma — admitiu Tera. — Por outro lado, se não fizermos nada até amanhã… a gente roda.

— Mas precisa ser no quintal dos playboy? — Iza balançou a cabeça. — Pede pros cana uma bateria de um dos carros deles e já era!

— Imagina só a gente chegando com uma bateria de lítio com o emblema da polícia na lateral — disse Tera. — O Bigorna vai espalhar pra todo mundo que a gente tá com os cana!

Iza suspirou.

— Então, esse é o único jeito?

Nina e Tera trocaram olhares. Os dois sabiam a resposta, mas era a capitã do time quem dava as notícias ruins.

— É.

6.

Novo Batel era a maior área flutuante da cidade, quase cem metros acima do Velho Batel. O bairro havia sido construído para empreendimentos caros e contava com uma das melhores equipes de segurança do país, mas, assim como o irmão mais velho no solo, se tornara o local favorito dos filhinhos de papai para se divertirem em bares e casas de show famosas, além de ter maior tolerância policial em relação às substâncias vendidas de modo extraoficial.

— A gente tem que fazer isso antes de amanhecer. Os playboy tão na farra, e tem muito carro voador parado lá. — Nina olhou para Tera. — Qual a situação da polícia?

O colega fez um gesto com a mão, pedindo que aguardasse um instante. O olhar vazio denunciava que estava concentrado nas informações exibidas na *smartself*.

— São poucas viaturas. Eles nunca prendem ninguém, servem só pra recolher os playboy que arrumam confusão, mas sabe como é… quem tem contatos — Tera esfregou a ponta do indicador no polegar — nunca fica preso.

— Olha isso aqui. — Iza enviou alguns arquivos para o chat virtual em que os três mantinham anotações e outros arquivos sobre o serviço.

Eram fotos de um modelo de carro voador.

— Fiz um trabalho pra um desmanche uma vez — explicou Iza. — Sei como remover a bateria desse modelo. É um dos mais comuns. Coisa de classe média na gringa, mas aqui custa cinco vezes mais.

Nina se virou para Iza, interessada.

— Se a gente arrumar um desses, você consegue pegar a bateria?

Iza abriu um sorriso lascivo.

— Por você, qualquer coisa, meu bem.

Nina revirou os olhos.

— Só falta decidir como vamos chegar lá, já que o biarticulado não vai até Novo Batel.

— Meu contato vai cuidar disso pra gente — disse Tera.

Os três esperaram no ponto combinado. Soprava um vento frio naquela noite cinzenta. Os dreads de Nina balançavam. Abaixo do sobretudo aberto, ela vestia uma camiseta do Cólera, uma banda muito antiga.

Duas horas mais tarde, uma van voadora pousou no ponto de encontro. Na lateral, a marca de uma empresa de eventos. A motorista fez um sinal com o polegar e deu uma piscadela para os três.

— Preciso liberar a van às cinco da manhã, não posso atrasar no restaurante.

Nina concordou.

Tentaram não falar muito dentro do veículo. Era melhor manter tudo o mais profissional possível. A comunicação entre os três era feita via mensagens nas *smartselfs*. A motorista, que se chamava Mônica, era um contato do contratante, mas Nina não gostava de confiar em desconhecidos; afinal, já não confiava na maioria dos conhecidos. Ela se pegou pensando mais uma vez no estranho *modpack* na caixa de entrada. Deveria deletar o arquivo? Talvez valesse a pena guardar para uma emergência ou analisá-lo com calma em outra ocasião.

Quando a van chegou ao Novo Batel, tudo aconteceu muito rápido. Encontraram o modelo de carro escolhido por Iza, um Factor. Iza entrou embaixo do veículo e começou a remover a bateria.

Nina queria ter conseguido algumas ferramentas, mas a colega a tranquilizara dizendo que, apesar de ser um serviço de *hacking* complexo, tinha prática. As peças se soltavam assim que ela conectava a *smartself* ao veículo e dava os comandos necessários.

TERA
Temos um problema.

Nina se virou e viu um grupo de jovens bem-vestidos e bêbados se aproximar fazendo algazarra. Todos brancos.

TERA
Deixa comigo. Ninguém duvida quando
um negro alto diz que é segurança.

A merda foi quando um deles decidiu, incentivado pelas gargalhadas dos colegas, que sairia na mão com o segurança.

TERA
Nina, a gente precisa levar essa confusão pra longe.
De quanto tempo você precisa, Iza?

IZA
Pelo menos dez minutos.

NINA
Tenho uma ideia.

TERA
Não exagera. A gente precisa ser discreto.

Nina sabia lidar com um bando de playboys bêbados; não era a primeira vez que precisava encrencar com tipos como aqueles. As carteiras podiam ser grossas e sólidas como chapas de aço, mas os egos eram frágeis feito plástico vagabundo. Estava decidida a desafiá-los para uma queda de braço ou algo do tipo.

Um dos rapazes deu um passo à frente, cambaleante.

— Vem pra cima! — Ele ergueu os punhos em direção a Tera.

Outro tentou puxar o amigo para que desistisse da ideia.

— Vai acabar se machucando…

— Machucando nada! Vou arregaçar esse macaco!

Nina acertou um soco na lateral do rosto do desgraçado, levando-o a um sono involuntário ao mesmo tempo que criava uma poça de sangue.

— Qual dos palhaços vai ser o próximo? — perguntou ela, levantando os punhos fechados como provocação.

— Filma isso pra mim, Tera — disse Iza pela comunicação de voz da *smartself*.

— Cala a boca. — Tera se virou para Nina. — Achei que a gente fosse só atrair eles pra longe, sei lá.

— Desculpa, Tera, não deu pra resistir.

— A gente não pode chamar atenção!

— Foi mal, agora já era.

O amigo sorriu com o canto da boca. Nina se aproximou dos outros rapazes enquanto estalava os ossos da mão.

— Calma aí — pediu um deles —, a gente não fez nada.

— Vocês foram racistas.

— Não foi a gente. Foi o cara que você já apagou.

Nina encostou a mão no ombro do rapaz.

— Se você não faz nada pra impedir o racista é porque você é racista também.

Um soco em cada um. O problema foi quando a polícia paramilitar os cercou.

— Acha que a Lídia vai intervir? — perguntou Nina.

Tera negou com a cabeça.

— Trabalhar com *roots* é experimental, não devem nem ter comunicado pro departamento do Novo Batel que a gente tá com o pessoal do centro. A gente até podia tentar pedir a ajuda de Lídia, mas não tá sobrando muito tempo agora…

Nina percebeu que dava para odiar ainda mais um certo tipo de polícia: a com recursos. As armas que aqueles homens usavam eram mais avançadas. Até os capacetes de plástico eram de um modelo mais recente, revestidos com camadas de Kevlar. Havia três carros voadores em volta deles.

— Mãos na cabeça — ordenou a voz metalizada na caixa de som.

Nina sabia do risco que corria, mas não podia ser pega. Era melhor arriscar tudo do que pôr um ponto final naquele plano. Abriu a mensagem criptografada e instalou o *modpack*.

— Como estamos, Iza? — perguntou.

— Aqui já deu. Já avisei a Mônica, ela tá vindo me buscar.

Nina olhou para Tera.

— Consegue fugir?

— Ainda tenho uma bomba de fumaça, mas só vai funcionar se tiver uma distração…

Nina deu um salto de quase dez metros de altura. No canto da visão, se assustou com a taxa de processamento consumida pelo *modpack* recém-instalado: ainda estava em 10%.

De um lado, a polícia disparava em direção a Tera. Do outro, Nina via o colega fugir, ocultado pelo obstáculo cinzento que bloqueava a visão dos policiais.

Nina pousou no meio da fumaça, que já começava a se dissipar.

— Você comprou outro *modpack*? — perguntou Tera pelo chat de voz.

Por mais que quisesse explicar tudo para os amigos, Nina estava ocupada aguentando uma saraivada de balas de efeito atordoante. Perdera a conta de quantas vezes havia experimentado aquele tipo de projétil na pele. Doía feito o inferno, mas naquela madrugada só aumentou em 5% o processamento da *smartself*.

— Iza, pega o Tera e some daqui. Vou despistar esses caras e encontro vocês depois.

Os dois protestaram. Nina fez a única coisa que acreditou que poderia obrigá-los a seguir as instruções: compartilhou um *print* da tela com a porcentagem de baixo processamento do *modpack*.

Um dos carros voadores acelerou em sua direção. Nina saltou e posicionou o corpo deitado no ar, com os pés em direção ao para-brisa do veículo. Atravessou o vidro frontal com os braços cruzados sobre o tronco, transformando-se em um projétil humano que saiu pelo vidro traseiro e estraçalhou a grade interna.

O impacto foi barulhento e arrancou gritos dos jovens que corriam, amedrontados. Alguns ousaram se aproximar, provavelmente para filmar a cena.

Nina caiu de costas no chão. Os arranhões pelo corpo eram mínimos, não sentia dor alguma. O mais impressionante era que o *modpack* ainda estava consumindo apenas 18% do processamento.

As duas outras viaturas a cercaram, dessa vez acompanhadas de dez policiais em um círculo à sua volta, homens e mulheres brancos que fuzilavam Nina com os olhos carregados de ódio.

Nina segurou os braços de dois homens que avançaram contra ela e os golpeou com os próprios bastões. Não houve tempo para comemorar dois adversários a menos, porque uma onda de choque disparou pelo organismo dela, deixando o mundo inteiro em cores negativas por alguns instantes. Depois, dois outros investiram contra suas costelas. A dor das três pancadas provocou um grito, o que foi até pouco. Sem o *modpack*, teria desmaiado no primeiro golpe.

A reação foi rápida. Nina chutou o peito de um policial, que caiu no chão, tossindo, com dificuldade para respirar. O que estava atrás dela se preparava para o segundo golpe na nuca, mas Nina abaixou a cabeça e o acertou com uma cotovelada no estômago. As duas mulheres que haviam tentado esmagar suas costelas foram as próximas. Um soco arremessou uma delas a alguns metros de distância, arrastando-a pelo asfalto. A outra notou o perigo e deu um passo para trás. A manobra foi inútil: Nina a agarrou pelo colarinho e a arremessou no capô de um dos carros.

Restavam apenas quatro no solo, três mulheres e um homem. Os movimentos eram de pessoas hesitantes, quase paralisadas.

Cada segundo daquele confronto era uma diversão como Nina não tinha havia muito tempo. Era uma pena que não estivesse usando o mesmo *modpack* na noite da prisão. Adoraria continuar humilhando os policiais em um combate desigual como aquele, mas o que viu no horizonte a fez querer encerrar a luta. O sol começava a nascer. O tempo estava correndo, e ela precisava voltar à delegacia central.

— Como vocês estão? — perguntou aos colegas.

— A salvo. — A voz de Tera tinha um timbre grave. — Já estamos voltando pra cidade.

— Esperem. — Nina procurou algum ponto de referência em volta. Ela era pobre, nunca frequentara um lugar como aquele. Resolveu compartilhar a própria localização. — Vou precisar de uma carona.

Saltou para o teto de uma viatura. O carro acelerou para fora do Novo Batel. Lá embaixo, brilhava a cidade modelo. Nina deu um soco na lataria e se agarrou no buraco aberto. O veículo acelerava, fazia curvas bruscas e freava na tentativa de derrubá-la.

— Quando quiser, Nina — disse Tera.

Nina saltou. Por um instante, viu-se a quase cem metros de altura.

Viu o sol que ameaçava nascer. Viu a cidade, ainda com as mil luzes noturnas acesas, que se aproximava cada vez mais rápido.

Pousou no teto da van, que dera um mergulho no ar para impedir a queda de Nina. O impacto amassou a lataria.

— Puta merda! — reclamou Mônica.

Precisariam explicar aquilo ao contato de Tera, mas tinham roubado uma bateria de lítio e vencido um confronto contra a polícia. Um sucesso, no fim das contas.

7.

De trás de um biombo de acrílico, provavelmente feito na impressora 3D alocada nos fundos do galpão repleto de computadores de várias gerações, surgiu uma figura que Nina jamais esqueceria: um homem alto e branco, com o corpo de um boxeador aposentado.

— Não tô acreditando que vocês conseguiram — disse ele, com um sorriso largo.

O homem se apresentou como Bigorna. Tera, sempre sério, apertou a mão dele e lhe entregou o objeto que tinha quase cinquenta centímetros de largura e um palmo de altura — a bateria de lítio. O anfitrião a deixou em uma prateleira sobre a qual havia pelo menos outras três iguais, além de duas de modelos diferentes.

— Pra que você queria isso? — perguntou Nina. — Não parece estar precisando.

— Costumo manter um estoque. Vou até te contar uma coisa: na próxima quinta, vai cair o capitalismo.

Bigorna soltou uma risada alta antes que Nina pudesse reagir. Usava uma camisa xadrez sobre uma camiseta branca. Na cabeça, uma boina marrom virada para trás. Tinha uma barba preta que descia até a altura do peito, meio desgrenhada e com alguns fios brancos espalhados.

— Antes de qualquer coisa — disse ele, apoiando-se no ombro de Nina —, queria dizer que Israel não é um estado soberano e precisa acabar.

Os três visitantes trocaram olhares. Nina pensou por um instante na frase inesperada, mas concluiu que estava de acordo e assentiu.

Bigorna gesticulou para que se sentassem. O braço esquerdo dele era uma enorme prótese de bronze, modelo de pelo menos três décadas antes. Nina notou as adaptações feitas nas juntas para que a prótese tivesse usabilidade semelhante à dos modelos mais recentes, que imitavam com perfeição a pele humana.

Iza estava ao lado de Nina, no banco encostado na parede. Ela se inclinou para mexer em alguns objetos em uma das mesas, mas Nina lhe deu um tapa na mão para mantê-la fora de encrenca.

— Izabel!

Iza deu de ombros e fez uma careta.

Mônica logo fez menção de falar sobre os danos na van, mas Bigorna a tranquilizou:

— Não se preocupa com isso. Te arrumo um conserto.

Então a mulher sorriu e deixou o galpão.

Bigorna puxou uma cadeira com rodinhas e se sentou com Nina e os outros.

— Estão aprovados — concluiu ele. — O homem vai querer conhecer vocês. Me perdoem a desconfiança, mas tem sempre uma galera atrás do meu chapa Kalango. A gente não trabalha junto, mas sempre que ele me pede algum favor, eu faço. Em troca, é sempre bom ter um contato como ele, mas, pra falar a verdade, eu faço isso porque gosto.

Iza já havia se levantado. Não prestava atenção na conversa. Afastou-se dos outros para olhar ao redor. Na parede atrás de Bigorna, havia um pôster com a frase "Sempre desobedecer, nunca reverenciar" e uma estante de livros. Entre os autores, reparou em Liev Tolstói, Mikhail Bakunin e Emma Goldman.

— Duvido que você tenha lido este aqui.

Iza levantou um livro grande, exibindo a capa para os outros. O título dizia *Os irmãos Karamazov*.

— Só uma vez — respondeu Bigorna.

Iza arregalou os olhos.

— Como assim? Você costuma reler livros?

— Sempre que posso.

Nina fez sinal para Iza se sentar e trouxe a conversa de volta aos trilhos.

— Como vai ser, então?

— Ele vai aceitar conversar com vocês, mas aviso que é um cara esquisito… — Bigorna deu uma risada. — Vai entrar em contato do jeito dele. Quando marcarem um encontro, minha dica é que sigam à risca o que ele disser.

Bigorna gesticulou para os visitantes, sinalizando que o assunto estava resolvido, então pegou um violão encostado em algum lugar e começou a tocar uma música do Belchior.

Ao saírem do galpão, os três passaram de novo pelo corredor de metal que desligara as *smartselfs*. Do outro lado, tudo já funcionava como antes.

— O negócio vai ser convencer a Lídia de que isso foi uma boa ideia — disse Nina.

A manhã de Lídia Gaber a fez pensar em trocar de emprego. Eric falou por quase uma hora sem parar. O homem era pálido de tão branco, com bochechas que viviam vermelhas de raiva. O desastre da madrugada no Novo Batel era o assunto mais comentado na delegacia.

— Missão abortada — decretou o delegado. — Pode mandar prender esses vagabundos.

Lídia se valia do respeito que Eric tinha pelo pai dela, e estava sempre tentando convencê-lo de alguma coisa, mas sabia quando era melhor ficar calada. Toda vez que Eric franzia a testa e desviava o olhar, o melhor caminho era se dar por vencida.

Sob os olhares reprovadores dos colegas, Lídia foi à sala de interrogatório, onde os *roots* a aguardavam com algemas neurais nas cabeças.

— Qual é, detetive? — disse Nina. — A gente cumpriu o acordo, vai deixar a gente assim?

Lídia fez um sinal com a mão, pedindo calma aos três, que, embora não falassem muito, estavam bem inquietos nos assentos.

— Vocês arrumaram briga com a polícia do Novo Batel. Tenho imagens — disse ela, olhando para Nina — de vocês arremessando um policial e dando um salto de vários metros de altura. Comprou um *modpack* sem me informar. E, ainda por cima, puxei o histórico das *smartselfs* de vocês quando entraram na delegacia e estava quase tudo apagado.

Tera tinha o olhar de uma estátua, mas Lídia notou que havia algo de errado. Ele não diria nada, mas a detetive sabia que os três estavam escondendo alguma coisa.

— Meu delegado acabou de mandar prender vocês. Não vou desperdiçar nosso tempo perguntando o que aconteceu…

— Tem mais — disse Nina.

Iza e Tera a olharam.

— Você esqueceu a bateria de lítio que a gente roubou.

— Nina?! — Iza quase gritou.

Nina olhou firme para Lídia.

— Você deu uma missão e disse pra gente se virar. O *modpack* é assunto meu. A bateria de lítio era o que a gente precisava…

— Eu tô sendo muito paciente com vocês. Roubar uma bateria de lítio é muita irresponsabilidade!

— Não vai dar em nada — retrucou Nina.

A detetive chegou muito perto de dar a conversa por encerrada.

— Esse é o seu argumento?

— Vão pensar que eram só uns *roots* roubando peças de carro. A polícia vai ajudar a encobrir, porque, se admitirem que permitiram ladrões de bateria no Novo Batel, vai ser um caos.

Lídia respirou fundo.

— Não tenho como convencer o delegado a dar mais uma chance pra essa missão.

Por fim, a resposta de Nina foi:

— A gente conseguiu o contato do Kalango.

Lídia a encarou com o olhar afiado e meio torto. Queria deixar claro que não acreditava na afirmação.

— Tô falando sério — disse Nina. — O Tera aqui vai explicar tudo.

— Encontrar o Kalango não é coisa fácil — explicou o *root*. — Pensa bem: por que a polícia precisaria da gente? Tem uma razão pra ele ser o hacker mais habilidoso de que você já ouviu falar. Ele é precavido e muito bom no que faz. Não sai publicando anúncios na Sewer como qualquer idiota. Pra chegar nele, só com a recomendação de alguém em quem ele confia, e eu conheci uma dessas pessoas.

Lídia demorou a se dar conta de que havia puxado uma cadeira para ouvir o restante da explicação. O *root* era um grandalhão de ombros largos; era engraçado vê-lo contar a história sem liberdade de gesticular como gostaria, com os braços imobilizados pelas algemas neurais.

— Mas tinha um preço — continuou Tera. — A gente precisava provar que não tava com a polícia. Sabe como é, o Kalango não é um procurado qualquer. Quem prender ele vai virar herói nacional. A gente precisava fazer alguma coisa grande pra conseguir a atenção do cara. Era isso ou matar um vereador. Achamos que roubar uma bateria de lítio sairia mais barato.

Lídia ponderou sobre o que tinha ouvido. Sabia que não seria nada fácil ter outra conversa com o delegado. Seria um dia de merda.

— Vocês deviam ter me avisado.

— Você ia barrar a gente — disse Nina. — Agora, pode ir lá falar pro seu delegado que a gente agiu por conta própria, que a gente é mesmo um bando de vagabundo descontrolado, mas que conseguimos a porra do contato do Kalango. É mais do que qualquer delegacia já teve desse cara.

— Vocês conseguiram mesmo falar com o hacker?

— Conseguimos. — Nina exibia um sorriso confiante e quase zombeteiro. — Mas vai ficar difícil seguir com o plano com isso aqui.

Ela olhou para cima sem movimentar a cabeça, sinalizando as algemas.

Lídia esfregou os olhos. Sentia-se descabelada e ainda nem havia tomado o café da manhã. Acionou um comando na *smartself* e tirou as algemas dos três.

Nina explicou que o Kalango aceitaria conversar, mas só quando e como quisesse. Isso envolveria manter a polícia longe dos três até que tudo fosse resolvido.

— Ainda vou precisar explicar por que os históricos de vocês estão incompletos.

Lídia os encarou como só fazia com suspeitos durante uma investigação.

— O sistema de vocês é um lixo, e acho que você sabe disso — disse Tera. — Tenho um palpite de que não é a primeira vez que perdem alguma coisa.

Lídia bufou. O dia seria longo, mas pelo menos tinha alguma justificativa para manter a missão em andamento.

— Não saiam daqui até eu voltar. Acho que minha conversa com o chefe vai demorar. E é melhor que esse plano de vocês caminhe mais rápido.

Já que eles estavam tecnicamente presos de novo, seguiam sob o efeito do *no-smart*. A tela de LED na parede da sala de interrogatório se acendeu. Sempre que os três ficavam sozinhos ali, começava a passar uma série de comerciais sobre reabilitação para *roots*. Já era torturante o suficiente, mas, quando o famoso comercial da Santa Igreja com o "Jesus sintético" começou a convidá-los para o próximo culto, Iza deu um berro.

O sol estava quase atingindo seu ápice no céu, e Nina jurava que sentia as olheiras pesando no rosto. Precisava dormir.

Lídia voltou e liberou os três.

— Passem na sala do técnico. Ele vai revisar o software de rastreio das *smartselfs*. Depois disso, a gente se vê só quando fizerem o primeiro contato com o Kalango. A prioridade é conseguir um encontro presencial. Se descobrirem onde ele mora, melhor ainda.

Nina sabia que era ridículo esperar que um hacker anônimo se encontrasse pessoalmente com eles, mas preferiu deixar essa informação em segredo.

Os *roots* obedeceram às instruções e se despediram em frente à delegacia. Cada um tinha o próprio plano para lidar com o cansaço. Iza queria encontrar as moças que conhecera no Lado B. Chegou a convidar Tera, que pareceu interessado, mas decidiu que dormir era a coisa mais sexy que conseguiria fazer até a manhã seguinte.

Nina estava inclinada a fazer o mesmo, mas foi surpreendida pela voz grave de Lídia.

— Quero conversar com você, Nina.

Ela procurou o olhar dos amigos que, de longe, a observavam. Sem saber o que esperar, caminhou para a porta da delegacia. Tera e Iza se aproximaram. Nina foi interrompida por Lídia, que andou até ela.

— É melhor a gente ter essa conversa aqui fora, em particular.

As duas se entreolharam. Nina tentou ler as intenções da detetive, sem sucesso. Não sabia dizer se era o sono ou o sol, que, apesar de cinzento e fraco devido à neblina, incomodava sua vista. Acabou sinalizando para que os outros fossem embora.

— Verifiquei as informações que você me passou. — Lídia cruzou os braços e se escorou na parede ao lado de Nina. — Parece que alguém relatou um roubo de bateria de lítio de madrugada. Você não estava mentindo.

Nina deu de ombros.

— Nem todo *root* é mentiroso.

— E nem todo policial é um porco desgraçado.

Lídia entregou uma pílula roxa a Nina. A *root* reconheceu o remédio. Era caro e difícil de encontrar, mas anulava o *no-smart*.

— Não sei se concordo com isso que você falou — respondeu Nina —, mas aceito o *reboot* mesmo assim.

Quando engoliu o comprimido, não demorou a sentir a *smartself* retomando as funções.

A primeira coisa que notou foi o link enviado por Lídia. Aceitou a mensagem e abriu o arquivo. Era uma imagem da lista de nomes que embarcariam na próxima viagem à colônia Chang'e. Além do nome de Paulo e dos dois colegas, viu também o dela: Valentina Santteles.

Nina tentou esconder a emoção. Depois de alguns instantes, foi Lídia quem quebrou o silêncio:

— Um filho precisa estar perto da mãe.

— Por que tá fazendo isso, detetive?

— Pode me chamar de Lídia. — Ela fez um gesto com a mão, como se rejeitasse a formalidade. — Você foi honesta comigo. Vou ser justa com você. Além disso, quando te dei uma dura, você trouxe sua amiga de volta. Não me entenda mal, vou pegar duas vezes mais pesado com você, Nina. Vou ficar em cima como um urubu. Mas você mereceu isso, sabe? Desde que entrei pra polícia, tô tentando melhorar as coisas aqui. É difícil não tratar as pessoas como lixo quando você vive em um sistema que te treina pra ser assim. Nada funciona direito neste país; o sistema judiciário favorece os mais ricos, e muitas vezes somos obrigados a prender pais e mães de família porque roubaram comida pra dar aos filhos. Pode me chamar de idealista, se quiser, mas quero mudar esse negócio. Tem sido difícil, depois de algumas coisas que aconteceram. Não tenho a pretensão de resolver todos os problemas, mas quero que a polícia seja mais honesta, que tenha a confiança das pessoas e que não seja só um brinquedo dos mais ricos. Se a população ficar do nosso lado, as coisas podem começar a mudar. E a população adora a Santa Igreja. Resolver esse crime pode ser a chance de ver alguma mudança. É claro, eu tô pensando em mim também. Talvez eu seja promovida a delegada ou algo assim.

— Eu agradeço, Lídia, mas acho que você tá esperando demais desse povo. Se a polícia tá ruim pra você, é melhor cair fora. Ficar sonhando com uma mudança utópica me parece coisa de playboy pseudorrevoltado.

Lídia respirou fundo.

— Não preciso que você concorde comigo.

— Sorte a sua.

— De qualquer jeito, se a missão der certo, você e o seu filho vão poder se mandar daqui e começar uma vida nova.

— Tô contando com isso.

Que conversa estranha. Nina se sentia leve com a oportunidade de se mudar com o filho, mas não com a ideia de ser amigável com uma policial. Lídia parecia ser diferente, mas era policial e sempre seria.

Quando Nina estava chegando ao apartamento que alugava em um dos prédios mais antigos da cidade, recebeu uma mensagem criptografada.

> [unknown]
> O que achou do meu presente? Vi que ainda preciso fazer uns ajustes para otimizar o desempenho, mas acho que funcionou bem.

Nina respirou fundo. Se a polícia estivesse grampeando aquela conversa, tudo estaria perdido.

> NINA
> Quem é você? A polícia pode estar me vigiando!

> [unknown]
> Não está. Já viu alguma delegacia entender como a tecnologia funciona? Esses caras são uma piada, não se preocupa.

E então as peças começaram a se encaixar na mente de Nina.

> NINA
> Foi você quem apagou o histórico?

[unknown]
De nada. Aliás, deu trabalho invadir três *smartselfs* ao mesmo tempo. Cada um de vocês usa um sistema de *root* diferente, então tive que usar três linguagens, mas limpei a barra de todo mundo. A polícia pode desconfiar de vocês quanto quiser, mas nunca vão achar uma prova vinda das *smartselfs*.
A partir de agora, podemos trabalhar juntos.

Foi quando Nina se deu conta de que estava falando com o Kalango.

Nina

Antes

— Você vai abandonar os *roots*? — Iza foi a primeira a reagir.

Nina sabia que não podia esperar uma reação menos passional dela. Fez um gesto com a mão, pedindo paciência à amiga. Tera observava o interrogatório sem dizer nada.

— Você se esqueceu de quem é? — insistiu Iza. — Tu é *root*, Nina. É mulher, não é hétero e é preta. Que nem eu. Acha que vai ter qualquer chance pra você fora dessa vida?

O moicano roxo de Iza balançava, acompanhando as palavras raivosas.

— É claro que não esqueci nada — rebateu Nina.

— Então, que porra é essa?

Nina respirou fundo. Fez um gesto pedindo para que Iza se sentasse.

— Vocês lembram por que a gente começou a trabalhar junto, né?

Iza assentiu a contragosto.

— Se ninguém resistir à tirania, ela vai achar que pode existir. E não pode.

— Pois é, você me convenceu da primeira vez que disse isso. Mas agora quer largar tudo?

— Não quero largar tudo. Não quero me render à tirania. Só quero dar uma vida mais legal pro Paulo.

Iza meneou a cabeça. Tera se mantinha sério. Fazia o que sabia fazer melhor: escutava.

— E qual é a sua ideia? — Iza já estava com a voz mais controlada. — Vai vender pão caseiro na porta da igreja?

— Até poderia, se a igreja não fosse frequentada por gente que quer acabar com a minha existência.

Iza ficou de pé. Riu o deboche dos contrariados, mas, antes que alcançasse a porta, Nina explicou o que queria.

— Não chamei vocês aqui pra avisar que tô pulando fora. Tenho uma proposta. É um plano pra sumir deste lugar.

— Sumir pra onde? — Tera quebrou o silêncio. — Não tem nenhum país que dê qualidade de vida pra pessoas como a gente...

— Tô falando da colônia.

Silêncio. Eles sabiam que a colônia espacial Chang'e era o único local com leis inclusivas para *roots*.

— A gente vai precisar pegar muitos trabalhos pra conseguir pagar por uma passagem para lá — observou Tera.

Nina balançou a cabeça.

— Ou apenas um trabalho muito bem pago. Iza, se eu estivesse procurando um trabalho de alta recompensa, com quem deveria falar?

A baixinha não disse nada, mas abriu um sorriso que chegou a assustar Nina.

———— ·· ————

Aguardaram por quase meia hora em um sofá velho e rasgado até que uma mulher de pele branca com a lateral da cabeça raspada finalmente se aproximou.

— O Rancatripa quer conhecer vocês.

Nina olhou para Iza assim que ouviu o nome do sujeito.

> **NINA**
> Você não me disse que o trabalho era pro Rancatripa!
>
> **IZA**
> Você pediu uma recompensa alta.
>
> **NINA**
> Recompensa alta não é a mesma coisa que suicídio.
>
> **IZA**
> Depende do ponto de vista...
>
> **NINA**
> Izabel!
>
> **TERA**
> Nina, relaxa. A gente ainda pode rejeitar o trabalho. Mas já viemos até aqui. Vamos pelo menos ouvir a proposta.

Os três entraram na sala indicada pela mulher. Lá dentro havia várias pessoas; algumas limpavam as armas, outras malhavam na academia improvisada no fundo do cômodo. Uma conversa ruidosa se espalhava pelo recinto.

— Aqui! — gritou um homem com a mão levantada. — Deixa eu me apresentar. Rancatripa, muito prazer.

Ele tinha dois dentes dourados. No rosto, circuitos eletrônicos implantados na pele negra clara se conectavam a um olho verde e sem pupila. Era uma técnica antiga de reconstrução facial. As linhas dos circuitos brilhavam à luz ambiente.

Nina encarou o Rancatripa sem saber o que dizer.

O homem a encarou de volta, depois fez o mesmo com Iza e Tera. Enrugou a testa, contorceu os lábios e então concluiu:

— Tá certo. Vão servir.

Nina viu uma mensagem chegar na *smartself*.

— O trabalho é o seguinte — começou Rancatripa. — Vocês terão que invadir um prédio no centro. Tem muito servidor. Tá cheio das startups. Quero mesmo é pôr a mão em uns arquivos. Tá tudo explicado na mensagem.

— Não conheço o lugar — respondeu Tera.

— Uai, só quebrar ali na Marechal, no centro.

Nina se preparou para fazer mais uma ou duas perguntas, mas não teve tempo. O ruído das conversas aumentou. Alguém gritou para o Rancatripa:

— Aí, chefe. O novato disse que já provou pequi!

O Rancatripa se levantou com movimentos vagarosos e foi até o novato.

— Desde que eu saí do meu Goiás, nunca mais tive a chance de comer pequi. Finalmente vou trabalhar com mais alguém que gosta de pequi!

— Pra falar a verdade, eu até experimentei, mas não gostei muito, não — respondeu o rapaz.

O Rancatripa ficou sério. Todo mundo se calou.

— Tu pode falar mal da minha mãe, da minha irmã, o que quiser, mas nunca abra a boca pra falar mal do pequi!

O rapaz engoliu em seco. Assentiu com a testa já oleosa.

O Rancatripa voltou a atenção para Nina e os amigos.

— Faz tempo que não consigo achar pequi em lugar nenhum. Até botei uma recompensa gorda pra quem me trouxer um.

Ele fez uma pausa, como se esperasse uma resposta.

— … Certo — disse ela.

Satisfeito, o homem concluiu a negociação.

— Eu gosto de gente corajosa. Esse é um trabalho difícil, e vocês podem recusar, se quiserem, mas, se aceitarem, não espero menos que sucesso. É muita grana investida nessas informações. Um assalto fracassado, e a gente tem que começar tudo de novo em outro lugar.

Os olhos dele ficaram sérios. Nina jurou ter visto uma faísca escapar de um dos circuitos.

— É mesmo um trabalho difícil… — observou ela. — E se eu disser que me sentiria mais confiante se tivesse um *modpack*?

Tera e Iza se ajeitaram nas cadeiras.

O Rancatripa abriu um sorriso para responder.

— É um investimento alto, mas os arquivos que eu quero fariam tudo valer a pena. Pago seu *modpack*, mas, se a missão não for cumprida, vocês vão ficar devendo.

— Tem outra coisa. A gente não faz link com as *smartselfs*.

O chefe torceu o lábio.

— O link é importante. Eu gosto de poder assistir e ouvir o que meus capangas estão fazendo.

— Não somos seus capangas. Isso aqui é um frila, coisa de uma vez só.

O Rancatripa coçou o queixo, mas acabou concordando. Depois fez um gesto com o polegar, indicando que os três estavam dispensados.

— Se a gente aceitar esse trabalho, os riscos vão ser grandes — disse Nina.

— Tem certeza de que é uma boa, Nina? — Tera hesitou. — Ir atrás de um *modpack* é meio drástico. Ficar devendo pro Rancatripa é ainda pior.

— Vocês não precisam fazer isso, mas eu preciso. Não adianta lutar contra tudo que eu odeio se não consigo nem estar com meu filho.

Iza e Tera trocaram olhares rápidos e deram a única resposta possível.

Duas semanas depois, quando o plano foi posto em prática, conheceram o interior da delegacia central e passaram um tempo ouvindo as ordens de Lídia Gaber.

8.

Agradeço pelo *modpack*.

Nina mudou para o chat de voz. Caminhava pelo centro curitibano, desviando dos carros abandonados.

— Sei que você está com a polícia — disse o Kalango. — Vocês estão atrás de mim.

Nina se calou. Fazia sentido que o Kalango tivesse acesso a informações confidenciais da polícia.

— Sei que vão tentar marcar um encontro comigo. Quero conhecer você pessoalmente, mas sem a polícia envolvida.

Nina estava acostumada aos perigos do submundo. Era comum ter alguém querendo impor as próprias vontades entre os *roots*. Ela quase sempre conseguia lidar com esse tipo de negociação, mas sabia que daquela vez seria diferente. Estava conversando com o cara mais bem-sucedido do submundo, alguém cuja fisionomia nem a polícia havia descoberto.

— O que você quer? — perguntou Nina.

Ela ouvia uma voz modulada, cheia de efeitos para camuflar o timbre real. O hacker era muito cuidadoso. Procurar algum IP daquela conversa seria perda de tempo.

— A Santa Igreja precisa pagar pelos crimes que cometeu. Passei muito tempo investigando a vida dos *roots* mais famosos da cidade. Gostei de vocês.

Primeiro, a polícia recrutava Nina para capturar o hacker mais procurado do país, depois esse mesmo hacker tentava recrutá-la para se vingar de uma das maiores corporações do país. Sentia falta da época em que o objetivo de um trabalho era negociar com o maior traficante do bairro ou roubar uma bateria de lítio no Novo Batel.

— Você vai me desculpar — começou Nina, já se aproximando de um dos bairros —, mas tenho uma boa razão pra continuar com a polícia e nenhuma pra confiar em você.

— Que razão?

Nina respirou fundo. Precisava se posicionar naquela conversa, mas não queria provocar o Kalango além do necessário. Ele ainda era seu alvo.

— Se você tivesse me procurado duas semanas atrás, eu teria dito sim pra qualquer coisa. Entre você e a polícia, não preciso nem pensar de quem gosto mais. Só que as coisas mudaram. Meu filho é mais importante do que tudo. E eu tô em dívida com ele.

— Então presumo que puseram vocês dois na lista da colônia Chang'e. E se eu disser que posso fazer a mesma coisa? O prêmio seria o mesmo, você só teria que escolher com qual das duas lutas mais se identifica. Se disser não, vou escolher outras pessoas para o serviço. E vocês nunca vão conseguir me pegar. Acho que sabe disso.

Pelas ruas, Nina ouvia o ruído mecânico dos carrinhos de sucata. Odiava admitir, mas o hacker estava certo. Era acreditar na palavra dele ou perder a chance de conseguir a recompensa da polícia.

— Não precisa responder agora — disse Kalango. — Sei que é uma decisão importante. Vamos falar sobre outra coisa. O que achou do *modpack*?

— Era mais estável do que o outro que usei. Na verdade, ainda tá instalado, e eu não tive nenhuma reação negativa no organismo.

— Funciona melhor porque eu escrevi o código seguindo os padrões do seu DNA. Ainda tem limitações, é claro, mas consome menos processamento e não precisa ser desinstalado depois do uso. É só não deixar chegar a noventa e nove por cento.

— E como foi que você conseguiu meu DNA?

— Não consegui, pelo menos não fisicamente. Só precisei invadir sua *smartself* algumas vezes, o que me informou seu DNA em linguagem de código. Desculpa por isso, dou minha palavra de que não sou um desses hackers que vendem informações e vídeos pra pervertidos. Só queria entender como seu organismo funcionava pra escrever um *modpack*.

— Porra, Kalango, você invadiu minha privacidade mesmo assim. Não compartilhei meu DNA com você!

— Eu sei. Desculpe. A gente vai poder conversar melhor sobre isso depois. Agora, vamos ter que mudar de assunto...

— Pode parar, não vou deixar você escapar dessa assim.

— Não quero escapar, Nina. Na verdade, é o contrário, quero ajudar você a escapar.

— O quê?

— Você está sendo seguida há uns cinco minutos. Tem dois caras. Espera, eu vou descobrir quem são.

Nina olhou ao redor, mas não viu ninguém. Alguns segundos depois, a voz do hacker voltou.

— São capangas do Rancatripa, e tem bem mais de dois. Você vai ter que aguentar firme, Nina. Vou precisar de um tempo pra trazer seus amigos pra cá.

— Homem ou mulher? — perguntou Iza.

Tera revirou os olhos.

— Por que é que você sempre tem que fazer essas perguntas?

Iza deu de ombros.

— É divertido.

Tera continuou caminhando sem responder, mas Iza o alcançou e insistiu na pergunta.

— Não importa — disse ele —, eu gosto de pessoas. Você sabe disso. Você também é assim.

— É, eu sei — Iza sorriu —, mas é que eu adoro ouvir você dizer.

Tera balançou a cabeça.

— Tô indo pra casa. A gente se vê amanhã.

— Fala sério, Tera. — Iza se agarrou ao braço esquerdo do colega. — Você viu que a detetive quis conversar com a Nina sozinha fora da delegacia? Acha que ela tá fechando com os cana?

Iza riu. Tera era uma estátua.

— Nina nunca ia trair a gente — disse Tera. — Passamos por muita coisa juntos. Ela já teve a chance de ferrar a gente um monte de vezes, com pessoas muito mais perigosas do que a polícia. Se ela não fosse confiável, nem estaríamos mais juntos.

Os dois caminharam em silêncio por alguns minutos. Apesar de toda a acidez defensiva na qual se escondia, Tera era capaz de enxergar que Iza estava mais do que apenas incomodada. Estava triste. Ele sabia que ela fazia de tudo para esconder certos sentimentos.

— Quando a gente tava no Lado B, ela me falou de uma mensagem criptografada. — Tera baixou a guarda.

— Que mensagem? — O olhar desconfiado de Iza era áspero.

— Ela queria descobrir.

— Acha que foi a polícia?

Tera riu.

— Os cana mexendo com criptografia sem estragar tudo? Até parece.

— Então quem?

Uma notificação piscou no canto do campo de visão dela. Era uma mensagem criptografada.

— Acho que vamos descobrir agora — disse Iza.

— Também recebeu uma?

Tera autorizou que Iza acessasse seu chat, e os dois ativaram a comunicação em áudio. Uma terceira voz falava nas *smartselfs*.

— Nina precisa de vocês. Acessem os arquivos que estou mandando e os instalem agora mesmo.

Iza lançou um olhar a Tera. Fazia aquela cara de quem estava tendo um derrame sempre que as dúvidas dela se tornavam maiores que a vontade de ser sarcástica.

— Não vamos instalar nada — disse Tera. — Fala sério, quem você pensa que a gente é?

— Vocês querem os nomes reais ou os apelidos?

— Meu chapa, é melhor…

— Podem me chamar de Kalango.

A frase calou Tera como só sua falecida mãe sabia fazer. Quem reagiu foi Iza, que recuperou a fala ácida:

— Me sinto honrada e fodida de um jeito nada divertido.

No chat, assistiram a um vídeo. Nina saltava e desviava de tiros de canhão elétrico. A polícia não usava aquelas armas. Um dos projéteis acertou a colega, que caiu ao chão e abriu uma pequena cratera no asfalto. Tera só conhecia uma pessoa com acesso às armas militares que haviam ficado famosas na última década pelo uso no confronto contra imigrantes palestinos.

— O Rancatripa foi atrás dela.

Os dois não precisaram dizer mais nada para terem certeza do próximo destino.

— Me passa a localização — pediu Tera.

— Vocês vão morrer se forem despreparados — avisou Kalango. — Instalem os arquivos que eu enviei.

— O que são essas coisas? — perguntou Iza.

— *Modpacks*. Pra você, preparei o *sneak.exe*. Pro grandão, achei que funcionaria melhor o *debug.exe*. O primeiro vai aumentar seus reflexos. Te ajudar a se mover sem ser vista, ter um combate mais ágil, e você vai poder resistir aos efeitos de algemas neurais. Também vai aumentar sua velocidade se você forçar um pouco o processamento. O segundo vai aumentar a resistência corporal. Vi nas minhas pesquisas que você entende um pouco de programação, Tera. Tomei a liberdade de adicionar um *patch* neural. Se conectar a *smartself* à de outro *root*, vai poder acelerar sua recuperação física, mas toma cuidado porque isso consome muito processamento. Aliás, aconteça o que acontecer, não deixem essas merdas chegarem a noventa e nove por cento. Vocês vão sofrer um *boot* se isso rolar.

Era muita informação em pouco tempo, até mesmo para Tera. Ele ainda refletia a respeito do vídeo de Nina e das instruções do Kalango. Queria compartilhar os receios e as preocupações com Iza, mas, quando olhou para o lado, viu que ela já estava correndo, dando passos pela parede de um dos prédios em volta.

— Isso aqui é demais! — exclamou a pequena inconsequente.

Sem mais razão para hesitar, Tera instalou o *modpack*. A única coisa que sentiu foi a ausência do cansaço no corpo que não dormia havia muito tempo, assim como da dorzinha que sentia nas costas. No canto da *smartself*, viu o processamento acusar apenas 15% de consumo.

— Estamos prontos — disse. — Pode mandar a localização.

Kalango obedeceu. Os dois correram por entre as ruas do centro de Curitiba. Iza se exibia mais, arriscando pequenos saltos por entre os carros. Quando atravessaram por baixo do viaduto do Capanema, avistaram Nina encurralada em uma das enormes colunas de concreto que sustentavam a ponte.

Três homens a imobilizavam com canhões elétricos.

9.

Nina sabia que não iria morrer. O Rancatripa era conhecido por ser dramático — faria questão de ter uma conversa ameaçadora com ela antes de decidir o que fazer com a carcaça.

Naquele momento, ela estava imobilizada contra uma das pilastras de concreto que sustentavam o viaduto. O barulho assustara os transeuntes, que tinham corrido em várias direções. Nina saltou para a fuga, mas os canhões foram disparados outra vez. As rajadas elétricas a pegaram pela lateral quando já estava no ar, arremessando-a ao chão. Ela protegeu o rosto com as mãos, mas seu corpo foi eletrocutado por completo.

A briga deixava suas marcas nas redondezas. Chegara a quebrar um pedaço do asfalto superior do viaduto e a derrubar dois carros abandonados.

— Aguenta aí, sua *cyberhippie* gostosa. — Nina ouviu a voz de Iza no chat que mantinha aberto para comunicação com os amigos. — Desta vez você não luta sozinha.

Nina ergueu o olhar para ver a amiga acertar um chute na parte de trás da coxa de um dos homens que a prendiam. Os movimentos eram rápidos, o que deixava pouco tempo para que os capangas reagissem. Os socos e chutes certeiros davam a Iza tempo de recuar, fazendo com que os golpes dos capangas encontrassem apenas o ar. Eles davam coronhadas com as AI-5, mas a velocidade da nova desafiante os deixou confusos a ponto de largarem as armas no chão e sacarem as víboras de aço, marca registrada do Rancatripa. Além de abrir rasgos, como toda faca, a lâmina verde e forjada com uma química especial também possuía um fator corrosivo ao entrar em contato com a pele humana, aumentando bastante os cortes depois do impacto. Os capangas do Rancatripa eram conhecidos por usar uma pequena quantidade de *no-smart* na lâmina para prejudicar o funcionamento das *smartselfs* dos adversários.

Nina ficou assustada, mas as armas pareceram não causar nenhum efeito em Iza, que continuava investindo com velocidade. Ela desviava dos golpes e estocadas com um sorriso debochado, como se aquilo fosse uma mera guerra de balões d'água.

Tera chegou pouco tempo depois.

— Você precisa autorizar uma conexão neural, Nina. — A voz dele era firme em meio ao zumbido constante que resultara do choque das três ondas elétricas. — Confia em mim, mandei o convite.

Nina enviou o comando para que as notificações permitissem o pedido de conexão de Tera. Era como um chat de rede em LAN. Depois de aceitar o convite, a dor dela começou a diminuir quase de imediato. Nina sentiu os músculos voltarem ao normal e percebeu que estava livre para falar outra vez, já que a língua não estava mais paralisada pelo choque.

— O que é isso, Tera?

— O Kalango deu uns *modpacks* pra gente. Acho que você já conheceu ele.

Nina respondeu com os olhos que falariam sobre o assunto mais tarde, depois se ergueu, mas logo viu o amigo se sentar, ofegante.

— Vai lá — disse Tera. — Tenho que descansar um pouco, só isso.

Fosse lá o que ele tivesse feito, havia consumido processamento demais na *smartself*.

Nina disparou feito bala. Viu seu processamento subir de 8% para 15% em um piscar de olhos. Terminou a corrida com um salto de baixa altitude, usando o joelho direito como se fosse uma faca para enfiar nas costas de um dos capangas. Ouviu o barulho de ossos quebrados e o grito agonizante do sujeito, que derrubou a víbora de aço no chão.

Iza reagiu com uma rasteira em outra capanga. Um golpe menos violento, mas que também desarmou a adversária.

Uma terceira aproveitou a distração das duas para apanhar a AI-5 do chão.

Nina aparou o projétil com as mãos e viu o processamento subir para 55%. O impacto era grande, e, ao receber três deles de surpresa, logo antes, ela fora imobilizada. Mas naquele momento era um disparo só, e ela viu de onde vinha. Nina arremessou o projétil elétrico ao chão, sentindo apenas uma leve comichão nas mãos. A capanga se virou para uma tentativa de fuga, mas seu queixo encontrou o punho de Iza, que havia corrido para o outro lado. Com mais um fora de combate, um novo chat de voz foi aberto para o grupo. Os três ouviram a voz do Kalango.

— Economizem processamento. Estou vendo mais quatro homens armados se aproximando. Além disso, dois com armas maiores estão posicionados a cinquenta metros de vocês, e tem um atirador de elite no prédio em frente à rodoviária.

Era o velho Itamaraty, o antigo hotel para turistas. Já fazia quase uma década que era apenas mais uma *squat*, um prédio abandonado e tomado por anarquistas, punks e *roots* sem teto. Nina passava com frequência por ali, sua rota favorita quando decidia visitar o filho a pé. Isso explicava a tocaia dos homens do Rancatripa, que aguardavam apenas uma oportunidade para capturá-la.

— Iza, você distrai os canhões de solo — disse Nina. — Tera, tá me ouvindo? Tem condições de ajudar a gente?

— Tenho. Só não vai rolar usar o *modpack*. Sem cura por enquanto, pessoal.

— Beleza. Você vai atrás do atirador. Não deixa ele te ver. O Rancatripa só compra armamento de qualidade. O cara deve estar com algum fuzil de precisão comandado via *smartself*, não vai errar nenhum tiro.

— Eu tenho um pedido pra vocês — disse Iza. — Depois desta briga, a gente podia ir lá pra casa, tomar alguma coisa e ficar sem roupa...

Nina e Tera responderam juntos:

— Cala a boca, Iza.

Conhecendo a fama do Rancatripa, Iza sabia que os AI-7 estavam ali para impedir a fuga dos alvos caso a captura não fosse bem-sucedida. Ele não devia saber dos *modpacks* que os três estavam usando, mas tinha fama de exagerar na cautela, o que o tornava muito perigoso.

Iza mapeou a localização dos dois canhões de solo. Um deles estava em cima do viaduto, apontando para baixo em direção a Nina. O outro estava mais afastado, perto da entrada da antiga rodoviária. A antiga saída de veículos era um bom local para posicionar o segundo canhão, já que não tinha árvores ao redor e permitia uma vista livre da rua, com exceção de um ou outro carro abandonado.

Ela abriu um mapa da região na *smartself* e avistou a localização dos dois canhões. Programou o sistema de GPS para que os alvos fossem mostrados na cor laranja.

Uma corrida a levou em direção ao canhão ao lado da rodoviária. O moicano de Iza dançava ao vento gelado e cortante. Era o mais distante dos alvos, mas também o mais acessível. Um disparo veio em sua direção. O *modpack* concedia a ela um reflexo rápido, e sua capacidade de raciocínio e decisão para movimentos estava aprimorada. Iza desviou do tiro com facilidade, mas foi arremessada ao chão a dois metros de distância quando o canhão, mesmo errando o alvo, abriu um buraco no asfalto velho e levantou uma pequena explosão.

Iza ficou de pé e continuou a corrida. Desviou de mais dois disparos. Uma rajada elétrica passou raspando por sua costela esquerda, perto o suficiente para que sentisse uma descarga de choque no organismo.

Dois barulhos de explosão foram ouvidos pouco depois. Não eram os mesmos disparos contra ela — vinham de mais longe. Iza olhou para trás e viu Nina em combate contra quatro adversários enquanto desviava dos tiros que vinham de cima do viaduto.

O capanga acertou mais um disparo próximo a Iza, deixando-a tonta. Não podia se distrair assim de novo. Morreria ali mesmo se não ficasse esperta.

O processamento estava em 85%.

Desviou de mais alguns disparos e baixou o tronco para alcançar a víbora de aço na cintura do oponente. Ao perceber o desarme, ele disparou contra Iza à queima-roupa. Ela contorceu o tronco para trás em um movimento que imitava uma tentativa de se deitar no asfalto. Uma língua de fogo saiu do AI-7. Iza sentiu o famoso e temido disparo de chamas esquentar seu rosto por um momento, mas aquilo não a queimou. Uma muralha de fogo se formou entre ela e Nina. Não conseguia mais ver a amiga. As labaredas daquela arma vinham acompanhadas de pequenos disparos de querosene, o que fazia o fogo queimar por vários minutos, mesmo em contato com o asfalto.

O barulho das explosões do segundo canhão continuava.

— Nina, tá tudo bem?

— Na medida do possível — respondeu a colega, entre gemidos de dor e sons abafados de socos.

A briga já tinha saído de controle. Iza avançou contra o capanga e enfiou a víbora de aço na panturrilha dele. O homem urrou de dor, sem largar o canhão. Atirou de novo, acertando a parede de concreto que sustentava o viaduto. O gemido do aço soou desafinado. O viaduto não foi ao chão, mas ficou desnivelado. Pedaços de ferro e concreto deslizavam de cima dele e alguns carros antigos caíam, fazendo um barulho enorme. Iza não conseguia ver o que acontecia graças à muralha de fogo que ainda queimava à sua frente, mas os estrondos haviam sido tão altos que ela soube que o estrago era histórico.

O olhar confuso do capanga só podia significar uma coisa: o *no-smart* na lâmina estava fazendo efeito. Sem acesso à *smartself*, ele não poderia usar o AI-7 outra vez. Iza acabou com ele com um soco na nuca; o homem caiu, desacordado.

Com o inimigo neutralizado, Iza se voltou para o canhão. Ao conectar a *smartself* aos controles da arma, valeu-se da câmera aprimorada do canhão, que lhe permitiu enxergar através das chamas. Uma pequena telinha se abriu na interface, mostrando tudo que a câmera da arma podia ver. O viaduto parecia instável; iria desmoronar a qualquer momento.

— Nina, você vai ter que levar essa briga pra outro lugar.

Iza se preparou para atirar no outro capanga, mas foi desnecessário. O viaduto foi ao chão, levantando uma poeira que a impediu de ver se a amiga estava bem. Antes que pudesse investigar, ela ouviu a voz de Tera:

— Preciso de ajuda, Iza. Consegue distrair o atirador?

— Se consigo? Eu nasci pra isso!

Iza virou o AI-7 em direção ao hotel Itamaraty. A pequena tela focalizou cada uma das janelas até encontrar o inimigo escondido atrás das persianas. Selecionou o projétil explosivo e disparou.

※

Quando o primeiro tiro acertou Tera de raspão no ombro, ele soube que não poderia facilitar para o atirador. Escondeu-se atrás de um pilar cilíndrico debaixo do viaduto, próximo de onde Nina lutava. Estavam disparando havia alguns minutos, mas nenhum policial parecia querer ir até ali. A proximidade da Vila Torres explicava o descaso. Algumas regiões da cidade eram ignoradas pela polícia.

Tera estava preparado para passar um tempo no abrigo, mas o segundo tiro atravessou a pilastra, abrindo um buraco perto de onde seu pescoço estava apoiado. Não era um rifle de precisão qualquer, mas o tubarão de ferro, nome popular do famoso Timofeevich.

O *root* acuado não podia mais acelerar a cura. Seu processamento já exibia um 75% vermelho, o suficiente para que ele fosse mais cauteloso e abrisse mão dos novos poderes. Curar aliados podia levá-lo ao *boot* se não tivesse cuidado.

Correu com o tronco inclinado, na tentativa de dificultar a visão do atirador, mas a arma era programada para encontrar um alvo, ainda que ele estivesse em movimento e tentasse se ocultar. Tera alcançou a lateral de um prédio, que usou como cobertura, mas o atirador foi mais rápido e acertou um disparo em seu ombro.

Ele se encostou no novo abrigo com uma dor que parecia arranhar seus ossos. Segurava a ferida com a mão esquerda, o sangue escorrendo por entre os dedos. Se estivesse sozinho naquela situação, fugiria e se daria por vencido, mas estava ali por Nina. Olhou para o lado e viu o viaduto desabar. A poeira bloqueou sua visão, então ele pediu a ajuda de Iza. Era sua chance de distrair o atirador e entrar no hotel.

Quando Iza abriu um buraco na fachada do prédio, Tera quase se arrependeu de tê-la incluído nos planos.

— Não era pra atirar lá. Tem pessoas inocentes ali.

Tera corria segurando o ombro ferido. Faltavam poucos metros para alcançar a entrada.

— Todo mundo ouviu as explosões — defendeu-se Iza. — Se as pessoas não fugiram, é porque são burras. E, se são burras, eu não posso fazer nada.

— Pelo menos se esconde agora. O atirador vai tentar te acertar.

Tera ouviu dois disparos altos rasgando o ar.

— Eu tô legal, o desgraçado é muito lento pra mim. Ih, tem um 95% piscando na minha interface.

— Puta merda, Iza, não vai dar *boot* agora. Procura um abrigo e fica parada.

Tera ouviu mais um tiro e perdeu a conexão com a amiga. Xingou enquanto subia as escadas do prédio. Se aquela baixinha inconsequente não tivesse morrido com um tiro, ele mesmo a mataria depois.

Várias pessoas fugiam assustadas, e Tera desviava de todas. Quando chegou ao último andar, nem teve que procurar, porque só havia uma porta fechada. O *modpack* dele ainda não havia recuperado processamento. Teria que fazer aquilo com a dor no ombro.

Chutou a porta com um estrondo que fez o atirador saltar. O capanga sacou uma pistola MD15, uma arma menos letal que o rifle, mas muito mais prática para curtas distâncias.

Tera não saberia dizer se foi impaciência ou raiva cega, mas conseguiu avançar mesmo com os dois novos tiros que levou do sujeito. Eram projéteis menores, calibre cinco, mas acertaram o estômago e a perna esquerda. Os últimos metros foram vencidos com um salto. Tera era um homem muito maior do que o atirador. Quando não restavam mais armas e a briga precisou ser resolvida com as mãos, o capanga não teve a menor chance. Um soco no meio do nariz desnorteou o adversário. Com o único braço bom para o combate, Tera fez o que chamaria mais tarde de "mata-leão banguela": sufocou o adversário com o braço esquerdo até ele desmaiar.

10.

Nina observou a luta fugir do controle quando o viaduto despencou. Dois capangas dispararam ao mesmo tempo, impedindo-a de fugir do desabamento. As descargas elétricas travavam os músculos dela. A dor perfurava o cérebro. A poeira bloqueava a visão, e a *smartself* havia sido prejudicada pelo impacto. No canto da interface, o processamento estava em 72%, alto demais para arriscar uma demonstração muito grande de força.

Iza estava em *boot*, Tera ocupado com o atirador de elite. Só restou a preocupação de uma pessoa.

— Você tá legal? — perguntou o Kalango.

— Uma ponte acabou de cair na minha cabeça.

— Não quero trazer mais notícias ruins, mas essa não é sua principal preocupação agora. O desabamento abriu um buraco no asfalto. Você está bem em cima de um refrigerador.

— Estou muito perto da hélice? — perguntou Nina.

— Suas costas estão a menos de trinta centímetros do centro. O *cooler* tá engasgado com o pedaço de concreto em cima de você. Se você se mexer, ele volta a funcionar.

— Não dá pra invadir o sistema e travar ele pra mim?

— Por que é que todo mundo pensa que hacker invade qualquer coisa como se estivesse fazendo um cadastro on-line? Essas coisas levam tempo. Um tempo que a gente não tem.

— O que você sugere, então?

Nina controlava a respiração. Já estava transpirando. Bastava um *cooler* ficar desligado por alguns segundos para que ela quase concordasse com a decisão da prefeitura de resfriar a cidade, mesmo sabendo que não passava de uma estratégia cretina para camuflar os efeitos do aquecimento global.

— Iza está apagada — falou o Kalango. — Tera está ferido, mas acho que sei de algo que ele pode fazer.

Nina enviou um comando ao *modpack*. Seus músculos enrijeceram. Ela urrou em um esforço olímpico e, com um movimento rápido, empurrou com as mãos o escombro de concreto que a esmagava, depois saltou. Processamento em 83%. Os capangas estavam por perto, esperando qualquer sinal de sobrevivência. Ela só teria uma chance.

O *cooler* emitiu um ruído alto quando os outros pedaços de concreto atingiram suas hélices enquanto fazia força para voltar a funcionar.

— O Tera precisa de um tempo — disse Kalango. — Ele tá muito ferido e ainda tá tentando entender como o rifle funciona.

Os quatro capangas apontaram os AI-5, mas não dispararam. A velocidade com que Nina subia era a soma do impulso do *modpack* e da ventania fabricada pelo *cooler*. Sabia que não seria um alvo fácil para os homens do Rancatripa — o problema era o canhão de solo que havia despencado de cima do viaduto, resistente a quedas e fácil de armar.

Nina só percebeu quando o projétil explosivo a acertou em cheio.

Tudo ficou preto, e um zumbido agudo no ouvido a impedia de discernir o que Kalango falava. A balística do disparo a derrubou de costas no asfalto. Suas funções demoraram alguns segundos para voltar.

— Levanta agora! — gritava Kalango no chat. — Ganha tempo pra gente!

Ela ficou em pé a tempo de acertar um soco em um dos homens que se aproximavam. O sujeito foi pego de surpresa e arremessado com o golpe.

O processamento marcava 94%. Resistir a uma explosão como aquela havia anulado a possibilidade de usar muito mais do *modpack*. Aquele soco talvez tivesse sido a última aplicação. Precisaria guardar o resto para uma emergência.

Dois dos adversários apontaram os AI-5 para ela.

— O Rancatripa quer falar com você — disse o terceiro. — Não deixa o cara ainda mais irritado.

— Kalango...? — falou Nina baixinho.

— Mais uns minutos.

Ela ergueu os punhos fechados em direção aos adversários.

— Vem na mão, se for macho!

Sabia provocar o ego dos homens. Era uma excelente estratégia para conseguir reações exageradas e impensadas. O terceiro capanga largou a arma e partiu com os punhos cerrados em direção a Nina.

— Deixem ela comigo — ordenou ele aos colegas.

A *root* desviou dos golpes. Depois de desestabilizá-lo com um chute certeiro no joelho, derrubá-lo foi moleza.

Quatro tiros altos rasgaram o céu. O homem que cuidava do canhão de solo e os outros três capangas caíram. Ao entender o que havia acontecido, Nina sorriu e agradeceu a Tera.

Pisou no pescoço do homem caído à sua frente, o último capanga acordado, então se inclinou e tapou a boca do maldito com a ponta do pé.

— Sei que você tá assistindo e ouvindo a gente, Rancatripa. Os planos não saíram como a gente queria, mas foi o seu contato que caguetou tudo. A gente rodou, e você continua tranquilo aí com seu império. Vamos facilitar as coisas e considerar que estamos quites.

Nina soltou o cara.

— Por favor, você já ganhou. Me deixa ir…

— Pro seu azar, tenho um amigo ferido e uma amiga desacordada — respondeu ela, pegando-o pelo colarinho. — Não tô me sentindo muito vencedora hoje.

Nina o apagou com um soco no pescoço.

O mundo começou a ficar nítido outra vez. A fúria de combate sempre a fazia esquecer todo o resto. O sol estava se pondo, dando lugar à neblina cinzenta típica das noites curitibanas. Além dos letreiros brilhantes em hebraico, um outdoor exibia Jesus com um largo sorriso de LED. A mensagem convidava o povo para o culto daquela noite. O mesmo para o qual sua mãe tentara arrastá-la.

— Essas propagandas são constrangedoras.

A voz do Kalango denunciou que ele também estava usando um link para observar tudo pela visão de Nina. Ela esperou sua respiração voltar ao normal para responder.

— A gente vai precisar ter uma conversa sobre privacidade.

— É. Eu sei…

Lídia Gaber estava tendo um dos dias mais desafiadores de sua carreira. Como se não bastassem as discussões que tivera com o delegado Eric de manhã e as dificuldades de lidar com os *roots*, também fora obrigada a aguentar uma última provação no fim da tarde, quando já escurecia. Estava se preparando para ir embora quando recebeu uma mensagem.

ERIC
Você tem um visitante. Mandei resolver
o que quer que fosse com você.

Lídia não costumava falar com os representantes dos clientes. Odiava aquela parte do trabalho, mas entendia que era inevitável passar por isso de vez em quando. Não se sentia confortável com a ideia de prestar contas às pessoas e empresas que investiam na polícia paramilitar.

— Em nome da Santa Igreja, parabenizo você pelos resultados, detetive… — anunciou o homem de terno preto, então fez uma pausa para procurar o nome de quem o recebia nos arquivos. — … Lídia Gaber.

Ela o cumprimentou. O homem se apresentou como Dário Mantolvani, representante legal da Santa Igreja.

— Imagino que não tenha vindo até aqui só para me parabenizar.

Dário sorriu.

— Entenda, a Santa Igreja está muito interessada em capturar o criminoso.

— Não me informaram o que foi roubado.

Cada palavra era calculada para responder e provocar ao mesmo tempo.

— Passamos todas as informações consideradas importantes para a solução do caso. Acho que fizemos tudo corretamente, já que o hacker está prestes a ser capturado.

Lídia suspirou, já sem paciência para as voltas que aquela conversa prometia dar antes de chegar ao destino.

— O que você quer?

Dário ergueu as sobrancelhas com a mudança no tom, mas reagiu com um toque amistoso no ombro de Lídia e uma gargalhada ensaiada.

— Queremos uma ação forte da polícia na captura do meliante.

— Já temos uma ação em andamento. — Lídia fez questão de reprovar com o olhar o toque do advogado. Aquele engravatado tinha que saber muito bem o seu lugar: longe dela. — Estamos com a divisão *root*.

Ele revirou os olhos.

— Sei que a Santa Igreja não aprova o envolvimento de *roots*, mas estamos agindo dentro da lei — garantiu Lídia.

— Na verdade, tenho outra preocupação. Analisamos os arquivos dos *roots* que vocês me enviaram.

— Algum problema?

Dário apertou os lábios e balançou a cabeça.

— Já estávamos preparados para lidar com certos tipos de pessoas. Sabe como é, pessoas marginalizadas, vivendo no mundo…

Lídia se perguntou se Dário Mantolvani acreditava morar em outro planeta ou algo assim.

— Nossos fiéis gostam muitos de histórias de libertação. Planejávamos trazer para nosso meio os *roots* que trabalhassem nesse caso.

Lídia se segurou para não rir. Imaginar aqueles três dentro de uma igreja era uma piada.

— E... qual é o problema?

— Entendo o ceticismo, mas deixe a parte da conversão dos *roots* conosco. De você, preciso apenas que os convença a fazer um transplante de *smartself*. São modelos novos, com tudo que eles precisam.

Dário exalava frieza. Exibia uma postura jurídica, com palavras ensaiadas.

— Não podemos obrigar os *roots* a trocar de implante — explicou Lídia.

— Entenda, detetive, que acolhemos todo tipo de gente em nossas igrejas. Haverá espaço para eles, posso garantir. Só precisamos trabalhar juntos para que essa transição ocorra perfeitamente.

— Vocês também podem *não* chamar ninguém para a igreja quando a missão for cumprida.

— Na verdade, não queremos que haja nenhum registro desse tipo de gente sendo recompensada por algum trabalho à Santa Igreja. Seria ruim para nossas relações públicas.

— O que eu tenho a ver com isso?

— Caso não aceitem o transplante, você pode tirá-los da missão.

— Isso seria muito arriscado. Já fizemos um acordo. Mudar os termos a esta altura seria desonesto.

O rosto de Dário ficou sombrio. Lídia viu as pequenas luzes da *smartself* trabalhando nos olhos dele.

— Vejo que vocês prometeram uma passagem para a colônia Chang'e. Basta incluir o transplante como requisito. Sem a nova *smartself*, sem passagens.

O homem demonstrava uma calma mórbida; talvez até saboreasse aqueles fatos. Lídia reconhecia aquele olhar frio e incorrigível. Estava acostumada a ver pelo menos dois assim por dia.

— Temos um acordo com os *roots*. Posso tentar convencê-los, mas não posso obrigá-los a nada.

— Neste caso, não posso garantir que meus clientes pagarão pelo serviço.

— Inadimplência não seria um problema para a Santa Igreja?

— *Suposta* inadimplência — corrigiu Dário. — Temos uma excelente equipe jurídica para lidar com falsas acusações. Espero que sua delegacia também tenha.

Lídia respirou fundo. Sabia que era uma batalha perdida. Eric ordenaria que ela seguisse as ordens de Dário para que não perdessem o dinheiro. Por isso, arriscou um último argumento:

— Isso é muito problemático pra gente. Nossa missão já está encaminhada. Se mudarmos o acordo, perderemos a credibilidade entre os *roots*, e isso pode dificultar futuras missões.

Dário a encarou, parecendo esperar que ela explicasse qual era o problema nisso.

— Só estamos perto do objetivo porque eu fiz um acordo com os *roots* — insistiu ela. — Se o acordo mudar, a missão vai ser prejudicada.

— Tenho certeza de que você dará um jeito de fazer tudo funcionar.

— Isso interfere muito no nosso trabalho.

— São só *roots*.

— São pessoas que confiam em mim. Não posso simplesmente mudar o combinado só porque a Santa Igreja quer.

Dário desfez o sorriso.

— Não trate a Santa Igreja como um cliente qualquer. Trabalhamos pela família, detetive. Temos importância neste país. Não espero que entenda. Apenas descubra onde o hacker está se escondendo. Depois disso, quero os *roots* transplantados ou na cadeia.

Sem mais, Dário Mantolvani deixou o escritório. Lídia mandou uma mensagem para Eric. Os dois teriam uma conversinha naquela noite. Se o novo acordo fosse aprovado, tudo estaria perdido.

Pegou o casaco e saiu da sala apressada. Sabia onde Eric costumava tomar uma cerveja depois do expediente. Com sorte, ela o encontraria lá e não o deixaria fugir da conversa. A terceira discussão com Eric no mesmo dia. Era melhor que aquela missão resultasse mesmo em uma reunião com a Secretaria de Segurança.

11.

Abrigados no apartamento de Nina, os três se recuperavam do confronto contra os homens do Rancatripa. Nina tinha hematomas por todo o corpo. Tera estava deitado no sofá, de olhos fechados. Devia estar com processamento alto demais para usar o *modpack*, porque preferiu fazer um curativo simples para conter o sangramento no ombro.

A pior situação era a de Iza. Embora conseguisse falar, estava muito nauseada e com dificuldade para andar sem apoio. Sofrer um *boot* era muito ruim. Nina sabia que a amiga ainda levaria um tempo para voltar ao normal.

O primeiro assunto foi o sermão de Tera, claro. Ele brigou com Iza por ter se arriscado tanto, insistindo que tinha sido sorte o atirador ter acertado só a parede de concreto onde ela estava escondida. Aquele rifle podia atravessar uma série de obstáculos, e Iza não estava segura só por ter procurado cobertura. Ela alegou que a alta velocidade ajudou a confundir o sistema de mira da arma, mas Nina interrompeu a discussão.

— A gente precisa decidir o que vai fazer agora.
— O Kalango tá ouvindo? — perguntou Tera.

— Ele disse que desconectou. — A voz de Nina saiu sem muita convicção. — Não vai mais acessar minha *smartself*, a não ser que eu peça. Ele me deixou com um link criptografado pra entrar em contato.

Tera resmungou alguma coisa, mas não rebateu.

— Confio mais nele do que na polícia — gritou Iza do banheiro. A porta estava aberta, e vez ou outra era possível ouvi-la vomitando. — Se for pra fazer uma aliança, que pelo menos seja com alguém como a gente.

— Tem as passagens pra Chang'e — apontou Nina. — Kalango ofereceu a mesma coisa que os cana. Também odeio a polícia...

— Odeia mesmo? — duvidou Iza. — O que você tava falando com a detetive hoje, em frente à delegacia?

— Ela só queria garantir que a gente ia cumprir nossa parte do acordo.

— E por que a gente não foi chamado pra conversa?

— Tá com ciúmes, Iza?

— Sempre tenho ciúme de você. — Iza saiu do banheiro limpando a boca. — Mas não é o caso aqui. A gente tá junto nessa. Você podia pelo menos dizer o que ela falou.

Sem encontrar uma solução melhor e sem fazer questão de guardar a informação para si, Nina disse a verdade:

— Ela arrumou uma passagem a mais pra mim. Pra eu poder acertar as coisas com o Paulo.

O silêncio dos colegas não era de convencimento. Sempre que Paulo era mencionado, os três ficavam mais cautelosos.

— E você acha que é um bom motivo pra confiar na polícia? — arriscou Iza.

— Não confio na polícia. Acho que nunca vou confiar. A gente passou por muita coisa pra achar que um cana vai querer ajudar a gente.

— Então por que estamos discutindo isso?

— Não parecíamos ter escolha quando essa oportunidade apareceu.

— Você acha que devemos seguir o plano mesmo depois do hacker ter ajudado a gente?

— Não. — Nina tomou um copo d'água. — Por mais que a Lídia seja estranha, também é ingênua pra cacete. Quer dizer, tem boas intenções, mas acredita que tudo vai ficar melhor se a gente fizer as coisas direitinho.

Nina riu das próprias palavras.

Tera se mexeu no sofá, chamando a atenção das colegas.

— O Kalango não ia fazer três *modpacks* funcionais de graça. Essas coisas custam caro, e não existe nada assim no mercado. O cara podia vender isso e ficar rico, mas preferiu procurar a gente.

— O que você quer dizer? — perguntou Nina.

— Que quero pelo menos ouvir a proposta dele antes de tomar uma decisão.

Nina não teria esperado menos do membro mais cuidadoso da equipe. Mandou uma mensagem para o tal link criptografado que o Kalango havia enviado mais cedo.

Quando o hacker entrou no chat, o trio o bombardeou com perguntas.

— Calma, pessoal. Vou dizer tudo o que vocês precisam saber, mas um de cada vez. Por que não começamos com o grandão?

— O que você quer com a gente? — perguntou Tera, sem hesitar.

— Tenho um trabalho pra vocês.

— Já temos um trabalho.

— Aquilo com a polícia? Só pode ser piada...

— Estão pagando bem.

— Eu soube. Mas também sei que vocês precisam marcar um encontro presencial comigo pra completar a missão, ou pelo menos descobrir onde eu moro.

Nenhum dos três respondeu.

— Gente, é o sistema da polícia — disse o Kalango. — Até uma padaria velha que ainda não aceita criptomoedas tem um sistema de segurança mais eficiente. Sobre seu objetivo, posso dizer que nenhuma das duas coisas vai acontecer se eu não quiser, então podem aceitar que a missão de vocês já fracassou.

— E qual é o trabalho? — questionou Nina. — Deve ser horrível pra valer no mínimo três passagens pra Chang'e.

— Quatro — corrigiu Iza, sorrindo, mas baixou a cabeça, envergonhada, quando Nina a encarou com surpresa.

A voz do Kalango era modulada, com um tom meio metalizado.

— Eu queria roubar uma coisa.

Nina não ficou impressionada. Vindo do Kalango, na verdade, esperava algo até mais grandioso.

— É um alvo complicado... — completou o hacker.

— Até aí, tudo certo — rebateu Iza. — Já mandaram a gente invadir um prédio no centro e roubar uma bateria de lítio no Novo Batel, e isso só esta semana.

— É um trabalho de alto risco. Podem considerar os *modpacks* como um pagamento adiantado, se preferirem. As passagens virão depois. O que eu tô querendo é uma coisa grande. Merece um acordo mais generoso do que aqueles merdas da polícia ofereceram pra vocês. Preciso avisar que vocês podem acabar virando alvos dos Valentes de Salomão, que têm treinamento e equipamento superior ao da polícia. Também têm mais liberdade para não seguir a lei à risca, já que ninguém vai contratar a polícia pra prender a força particular de uma corporação.

O que o Kalango falou a seguir fez com que Tera derrubasse um copo no chão e Iza voltasse correndo ao banheiro para vomitar.

— O alvo é a Santa Igreja de Salomão. Preciso de alguém pra fazer o serviço de campo.

Eric estava curvado sobre o balcão do bar, diante de uma garrafa de cerveja israelense pela metade. O delegado era tão metódico que Lídia não teve dificuldade em encontrá-lo, mesmo sem receber nenhuma resposta para as mensagens que havia enviado via *smartself*.

— Você sabia disso?

Ela se sentou ao lado de Eric, já presumindo que ele estava avisado sobre as intenções de Dário Mantolvani.

Um resmungo e um suspiro conformado foram as únicas reações do delegado. Quando ele tomou mais um gole da cerveja, Lídia insistiu.

— Clientes são complicados.

— Não foi isso que eu perguntei.

Ele a encarou. As olheiras carregavam anos de cansaço. Lídia sabia que o superior era um homem moldado pela política da polícia paramilitar. As lembranças da infância, quando ela o recebia em casa e o chamava de tio Eric, eram a principal razão para o respeito que Lídia nutria pelo homem. Isso e o fato de ele ter salvado o pai dela uma ou duas vezes em missão. Os dois eram próximos, embora tivessem fama de serem diferentes. Enquanto o pai envelhecera como uma espécie de guerreiro da justiça, Eric se tornara o mais cínico dos policiais que Lídia já havia conhecido.

— Sabia — respondeu ele. — Também recebi algumas mensagens do Mantolvani.

— O cara é um babaca.

— Por que acha que mandei ele falar com você e não comigo? Ser delegado não tem nada de glamoroso, mas dá pra se livrar de algumas reuniões de vez em quando.

O homem ergueu a garrafa vazia em um gesto ao barman, que trouxe outra cerveja.

— Se a gente mudar as condições do acordo, nossa missão vai pro saco. Você sabe disso, né?

O delegado concordou com a cabeça.

— E não vai fazer nada?

— Se a gente fracassar descumprindo as ordens, o cliente já era. Mas, se a gente fracassar seguindo as ordens, sempre é possível alegar que a culpa foi da interferência excessiva do contratante.

— Mas ainda é fracasso.

— Na segunda opção, as contas são pagas — respondeu Eric, e deu de ombros.

A perna de Lídia balançava, os dedos tamborilando no balcão.

— Você sempre foi ansiosa, desde pequena. Nunca conseguia mentir, lembra? — O delegado sorriu. — Era bonitinho, os adultos te aplaudiam. Agora, na polícia, isso não te ajuda em nada. Fala de uma vez o que você tá pensando e me deixa tomar minha cerveja.

— Você consegue tirar o transplante do acordo? Pelo menos como obrigação. Posso oferecer isso aos *roots* como formalidade, mas a gente sabe que eles nunca vão aceitar.

Eric a encarou como se estivesse no escritório em meio a dezenas de tarefas para cumprir. A garrafa úmida na mão, o gargalo próximo à boca.

— Difícil. Por que eu me daria a esse trabalho?

— Sem a obrigatoriedade do transplante, a missão prossegue normalmente. Além do mais, respeitamos o acordo original com os *roots*.

— Também conhecidos como criminosos.

Lídia bufou.

— A gente fez um trato com eles.

— Tratos mudam.

Lídia o encarou, a cabeça inclinada. Eric suspirou.

— Vou te dar um conselho, Lídia. Você está indo bem, entregou tudo o que queríamos. Com isso, recupera a credibilidade. É sua chance de provar que não está do lado dos criminosos. Por que você tá tão preocupada que esses *roots* recebam a recompensa? São só criminosos…

— Dei minha palavra a eles.

Eric lançou a ela um olhar de dúvida, como se esperasse o fim da explicação.

— Não é possível que esse seja o único motivo.

— Fala sério, Eric. Você sabe que fica muito mais fácil conseguir colaborações futuras quando conquistamos respeito.

— Lindo na teoria. — Eric comeu um punhado de amendoins sintéticos e deu um gole na cerveja. — Não muito testado na prática.

O delegado largou a cerveja no balcão e se virou para Lídia.

— Você sabe que eu adorava seu pai, mas ele era ingênuo demais…

A lembrança sempre fazia Lídia sentir vontade de gritar. Ela cerrou os punhos e respirou pausadamente, como a psicóloga ensinara.

— Mentira. — A voz estava controlada, mas a palavra de Lídia teve o impacto desejado. Eric se calou. — Eu sei sobre o meu pai.

Eric esfregou as pálpebras fechadas.

— Seu pai era um bom policial…

Lídia tomou a garrafa da mão de Eric e a colocou no balcão com mais força do que queria.

— Não fala sobre meu pai!

Eric respirou fundo. Acabou assentindo.

— A verdade é uma só, Lídia. A gente não consegue viver só resolvendo crime público, a prefeitura paga muito pouco. A única coisa que pode mudar o jogo é capturar um chefão qualquer. Desses que são espertos, sabe? Gente como o Cara de Cavalo, a Dama Cólera ou o Rancatripa. — Eric deu uma risada. — Se a gente prendesse um deles, ia receber muito pouco, mas ia conseguir fama. A propaganda gratuita poderia muito bem render um monte de clientes pra gente por uns bons anos. O problema é que nunca sabemos onde esses desgraçados vão estar, e mandar o batalhão entrar no território deles é suicídio. Isso não vai acontecer nunca, então a gente tem que continuar trabalhando como pode.

Quando Lídia se levantou para ir embora, ouviu o delegado pedir para que aguardasse um minuto. Sabia quando Eric estava prestes a dizer algo que contrariava os próprios princípios: sempre massageava os cantos dos olhos e desviava o olhar.

— Passa no meu escritório amanhã cedo. Vou ter uma resposta sobre essa sua ideia idiota.

Lídia não comemorou. As chances eram remotas. Era mais fácil aquilo ser a promessa vazia de um velho amigo da família do que a preocupação legítima de um delegado. Ainda assim, agradeceu e foi para casa descansar de um dos dias mais ingratos de sua carreira.

12.

Nina não estava descansada, mas estava de volta à delegacia central da polícia paramilitar. Quando se dirigiu à sala de interrogatório, onde costumava se encontrar com Lídia, passou em frente à janela de vidro do escritório nos fundos da delegacia. O delegado estava sentado com o rosto impassível. Lídia balançava a cabeça, o olhar descontente.

NINA
Tem alguma coisa errada aqui. A detetive está muito inquieta. Ontem ela parecia mais calma e satisfeita. Acho que nos descobriram, talvez a gente tenha que fugir.

KALANGO
Calma, vou ver o que consigo descobrir.

Nina avisou os colegas. A sala de interrogatório parecia uma panela de pressão. A policial que os vigiava estava em frente à porta, do lado de dentro, como sempre. Embora o olhar dela estivesse fora de vista, protegido pela máscara de plástico do uniforme da polícia paramilitar, Nina sentia que a mulher os encarava com o mesmo desdém e a mesma vigilância com que qualquer *root* era sempre tratado.

Quando Lídia abriu a porta, dispensando a policial que vigiava o trio, Nina recebeu a resposta.

> KALANGO
> Encontrei uma coisa. O acordo mudou. Vão exigir um transplante de *smartself* para que as passagens para a colônia sejam mantidas.

— E aí? — perguntou Lídia. — Conseguiram entrar em contato com o hacker?

Eles não responderam nada, nem foi preciso.

— Pensei que tínhamos um acordo — continuou Lídia.

— Ainda temos — falou Nina —, mas vimos você na sala do delegado. Tem algo pra dizer pra gente?

A postura da detetive se alterou. Antes, tinha o tronco inclinado para a frente, direcionando a conversa aos *roots*, que estavam sentados. Mas havia deixado a coluna ereta e cruzado os braços.

— Não tenho nada a comunicar.

O silêncio tornou possível ouvir o zumbido das lâmpadas arredondadas da sala.

— Achei que tivessem entrado em contato com o hacker. — A voz da detetive estava embalada pela frustração. — Não poderemos trabalhar juntos se vocês não forem honestos comigo.

— Temos um plano — disse Nina. — A gente quer contratar o Kalango pra obter informações sobre a Santa Igreja. Ele foi o único que conseguiu, vai acreditar que temos uma boa razão pra procurá-lo. Nossa ideia é marcar um encontro num galpão abandonado, afastado da cidade. Dá pra bloquear o sinal de rede por lá. Vai ser um território neutro e difícil de escapar.

Lídia se sentou e apoiou as mãos nos joelhos.

— Mas não pode ser no sistema da polícia — disse Tera. — A gente tem que organizar isso na surdina.

— Vocês sabem que isso não vai ser possível.

— Se a gente entrar no sistema daqui, ele vai saber — explicou Tera. — A segurança digital de vocês não é um desafio pro Kalango. Ou a gente arma de forma extraoficial, ou a missão termina aqui.

— Além do mais, ele é um hacker muito experiente — completou Nina. — Se a gente não fizer uma movimentação real no submundo, ele vai desconfiar que é armação.

Lídia olhou para a janela de vidro na porta. Estalou a língua e tamborilou os dedos na perna. Depois de alguns minutos de silêncio, retomou a conversa.

— Primeiro falem com o alvo, marquem o encontro. Se conseguirem agilizar isso, eu cuido da logística fora do sistema da polícia.

Lídia liberou os *roots*, mais uma vez retendo Nina para uma conversa em particular. Dessa vez, na sala de interrogatório.

— Acho que você não tá me contando tudo.

A voz de Lídia tinha um ar cansado. Ela ainda pronunciava cada palavra com a mesma imponência de sempre, mas havia algo escondido ali. Um certo tremor nas palavras, quase inaudível.

— Engraçado, eu ia dizer a mesma coisa.

As duas trocaram olhares frios, tentando ler uma à outra ao mesmo tempo que se mantinham insondáveis.

— Está cada vez mais difícil proteger vocês aqui na delegacia. Eu já era chamada de protetora de bandidos antes, mas agora estão me tratando como cúmplice. Se você não for honesta comigo, vai ficar difícil te defender aqui dentro.

Nina tinha certeza de que Lídia sabia do novo acordo. Talvez por isso estivesse indignada na sala do delegado. Se Lídia a tivesse avisado, a decisão de Nina ainda seria se aliar a Kalango, mas pelo menos tentaria ser honesta com a detetive. Se aquela mulher achava que tinha o direito de esconder uma coisa tão importante do trio, Nina não se sentia compelida a colaborar.

— Não preciso que você me proteja, detetive. A gente vai cumprir nossa parte do acordo, e vocês vão nos pagar conforme combinado.

Não houve alteração na expressão de Lídia.

— Quando tudo acabar, e não deve demorar pra isso acontecer, nós duas vamos estar livres uma da outra — continuou Nina. — Vou sumir desta cidade escrota, e você vai conseguir a promoção que queria pra continuar prendendo gente como eu. Todo mundo ganha. — As palavras saíram amargas de propósito.

Lídia se aproximou de Nina.

— Quero te lembrar que ainda posso apagar seu nome e o nome do seu filho da lista. Você ainda me deve respeito e, quando eu fizer uma pergunta, é melhor que me responda.

Lá estava. Uma vez contrariada, Lídia passava a agir como qualquer outro policial. Ouvir ameaças era rotineiro para Nina, mas com Paulo envolvido era outra história. As duas trocaram um olhar de insatisfação misturado ao ressentimento e à afronta.

— Estou dispensada, detetive?

Sem saber mais o que fazer, Lídia dispensou Nina com um olhar frustrado.

Quando a *root* deixou a delegacia, sabia que não haveria volta. Era melhor que o plano de Kalango desse certo, porque colaborar com a polícia não era mais uma opção.

Tera guiou o trio para a rua São Francisco. Precisavam de novos equipamentos e só iriam conseguir tudo em um lugar. Voltaram ao subsolo onde haviam conhecido Bigorna.

Quando passaram pelo corredor de metal, a conexão da *smartself* falhou mais uma vez. Aquele tipo de lugar, onde não havia qualquer conexão, era cada vez mais raro. Fazia com que Nina se sentisse sozinha; não ter acesso à Sewer, à Aurora ou à internet em geral a deixava ansiosa. A vida dela já fora salva devido às conexões que conseguira fazer em momentos de risco.

— O que anda fazendo por aqui? — perguntou Nina.

— Preparando a revolução — disse Bigorna. — Até quinta-feira o capitalismo cai, com certeza.

Ela riu.

Quando entraram em uma sala apertada, Nina viu uma pilha de caixas de metal e várias peças e aparatos tecnológicos espalhados pelo chão. Tera explicou a Bigorna o que estavam buscando. Os dois pareciam falar em um idioma próprio. Enquanto conversavam, Iza sussurrou para Nina:

— Acha que vai dar certo?

— A gente nunca sabe — admitiu Nina. — É isso ou se dobrar pros cana, e você viu o que eles querem que a gente faça.

— Eu sei, não tô querendo saber da polícia também. O negócio é a Santa Igreja. É o maior alvo que a gente já teve. Você sabe como eles são… Não é só um pessoal rico, eles têm influência. Podem fazer o que bem entender que a maior parte da população vai apoiar. Se essa merda der errado, não é pra cadeia que a gente vai. É muito pior.

— Não me lembro de ter visto você com medo antes — comentou Nina, arqueando as sobrancelhas.

— Não sei se é só medo.

A líder do trio pousou a mão no ombro de Iza.

— Fica tranquila, eu nunca ia levar a gente pra uma missão suicida. Na verdade, a gente ainda vai se encontrar com o Kalango pra ele ser mais claro sobre o que pretende. Dá tempo de pular fora e pensar em outra coisa.

— Falando nisso, nem acredito que os cana caíram nessa conversa de que a gente ia marcar um encontro presencial com um hacker. — Iza riu.

Quando Tera escolheu todo o equipamento necessário, os três dividiram a carga entre si, ocultando as armas, explosivos e outros aparatos na roupa. Não havia nada grande demais. Nina ficou com um par de pistolas MD15. Preferia lutar com as próprias mãos, mas era só por garantia. Além das armas, pegou protetores de ouvido para o caso de usarem disparos sônicos contra ela outra vez.

Tera escolheu um AI-5 modificado. Tinha o cano mais curto, o que reduzia a precisão em distâncias muito grandes, mas aumentava a eficácia em combates mais próximos. Pegou também um spray explosivo e uma caixa de munição de reconfiguração remota. A estratégia falava mais alto na hora de escolher equipamentos de combate. Iza, que ainda guardava a víbora de aço que roubara do capanga do Rancatripa, escolheu uma pistola por insistência dos outros.

Cada um deles também pegou e instalou um novo escudo, uma pequena pulseira preta feita de metal que tinha um botão vermelho discreto. Durante o combate, bastava apertá-lo para ter uma barreira de proteção ao redor do corpo, o suficiente para aguentar uma saraivada de balas ou uma queda muito grande. Tera também instruiu que todos guardassem pelo menos três transmissores de rede *wireless*. Os pequenos aparatos eram menores do que um dedo mindinho, de corpo metálico com um LED verde que se acendia sempre que estavam em funcionamento. Na base, um conector USX, a entrada mais comum em todos os dispositivos eletrônicos. Tera explicou que, se precisassem, poderiam usar os transmissores de rede para facilitar a invasão de qualquer sistema pelo Kalango, já que iam conhecer o hacker pessoalmente. Tera deixaria os dispositivos preparados para uso.

Nina fez a anotação mental de transferir para Bigorna, assim que saíssem dali, as criptomoedas que haviam sido creditadas pelo Kalango na noite anterior.

— Não sei se já falei isso hoje — disse Bigorna —, mas Israel é um estado genocida e precisa acabar.

Ela sorriu e apertou a mão de Bigorna.

Iza tentou convencer os colegas a fazer uma visita ao Lado B.

— Pra comemorar nossa liberdade da polícia — argumentou ela.

— A gente não tá livre ainda — rebateu Tera. — Vou pra casa descansar, e acho que vocês deviam fazer o mesmo.

Era verdade que a última noite não fora suficiente para recuperar o corpo dos acontecimentos anteriores, mas Nina tinha outros planos.

— Vou ver o Paulo de novo.

O grupo havia aprendido a nunca tentar fazê-la mudar de ideia quando o assunto era o filho.

— Como ele está? — perguntou Tera.

— Eu nunca sei. Não dá pra ser uma viciada doida e ausente por anos e de repente querer me redimir. Ele tem razão por não confiar em mim. E eu tenho razão por tentar ser alguém melhor. Quando sua ideologia não é capaz de fazer bem a quem você mais ama, é porque é uma ideologia de merda. Por isso comecei a questionar o que eu fazia e a forma como eu decidia lutar contra o mundo. Não faz sentido, sabe?

Tera e Iza concordaram com a cabeça, mas não ousaram dizer nada.

— Por isso ir pra colônia pode ser uma boa. Quando decidi ser uma boa mãe pro meu filho, já era tarde, a polícia tava na minha cola. Os últimos dois anos foram difíceis, vi o Paulo muito pouco. Tô tentando consertar isso também. Da última vez que fui lá, não tivemos uma boa conversa. Em algum momento isso vai ter que mudar. Vocês vão me ver menos no Lado B.

13.

No centro comercial que se formara ao redor do que décadas antes havia sido um posto de gasolina no Cajuru, Nina avistava as fachadas em hebraico. Havia um outdoor com a imagem do "Jesus sintético" da Santa Igreja. Estava pichado, com vários LEDs apagados pelas pedradas da população.

Nina sabia que a mãe estaria na igreja assistindo a um holograma do Profeta falar para uma multidão de cristãos. Embora ela tivesse dito que Paulo também iria, Nina conhecia o filho o suficiente para saber onde teria mais chances de encontrá-lo.

No canto da interface piscou uma notificação. Quando abriu, Nina leu uma mensagem de Lídia pedindo que chegasse mais cedo para uma conversa no dia seguinte. Depois de fechar a mensagem, Nina deu uma boa olhada nos arredores.

O posto abandonado tinha virado um ponto de encontro. Havia uma pista de skate improvisada com alguns caixotes e outros obstáculos de madeira velha. Alguns estabelecimentos que haviam surgido com o passar dos anos se valiam da movimentação de jovens. Além do fluxo de bebidas e da música alta tocada nos aparelhos bluetooth trazidos pelos próprios frequentadores, havia também uma forte incidência de outras substâncias químicas que seriam reprovadas pela polícia paramilitar.

Em meio àquela imitação abrandada do Lado B, Nina avistou o filho conversando com amigos.

Paulo notou a aproximação da mãe, fez um gesto para pedir aos amigos que esperassem e foi até Nina antes que ela chegasse mais perto.

— O que você tá fazendo aqui?

— Vim te ver.

— Você não pode sumir da minha vida e vir aqui dar sermão sobre o que eu posso fazer ou com quem eu devo andar.

— Sermão? Guri, você bebeu?

Paulo investigou o olhar da mãe. Ainda desconfiado, enfiou as mãos nos bolsos do moletom.

— Você só tá conversando com seus amigos, por que eu te daria um sermão?

O rapaz deu de ombros.

— Minha vó não gosta.

— Não sou sua avó. Como ela tá?

Paulo se sentou na sarjeta.

— Estranha. Acho que tá mal, mas não fala nada sobre isso e não quer ver o médico. Além disso, fica insistindo pra eu ir pra igreja.

— Ela é teimosa. E você não vai precisar fugir da igreja por muito tempo. Tô trabalhando em uma coisa grande. Se der certo, eu vou te levar pra colônia. Sei que você já falou que não quer ir, mas dessa vez você não vai sozinho. Eu vou também.

Paulo não foi capaz de conter o sorriso, mas depois de um segundo retomou a postura emburrada, sem querer facilitar as coisas para a mãe.

— Pode ser, mas por que não posso ir com você agora? Minha vó disse que você aluga um apartamento no centro.

— É um lugar muito pequeno...

— Não me importo.

— Eu sei, filho. — Usar aquela palavra fez com que Paulo a olhasse nos olhos. — O problema não é o espaço. Minha vida é perigosa demais. Escolhi um caminho complicado. Às vezes até acho que não tive muita alternativa.

— Eu também me sinto assim.

— Acredito em você. E posso te mostrar algumas coisas que você pode fazer pra não se curvar a isso tudo. — Nina fez um gesto para tudo em volta. — Mas aqui não tem espaço pra isso. Tentei quebrar as regras por ideologia, depois por pura revolta. Não deu certo. Este mundo foi feito pra que gente como eu e você não se sinta em casa mesmo. Por isso a colônia é importante. Se a gente puder ir pra lá, nossa vida pode ter um novo começo. Sei que não é nenhum paraíso, tem um monte de coisa que precisa melhorar, mas pelo menos é um lugar que não foi perdido ainda. Os *roots* são aceitos. A gente vai poder se virar.

Quando terminou o discurso, Nina estava tocando o rosto do filho, surpresa por ele não a ter afastado.

— Só me promete uma coisa — disse Paulo. — Vê se não demora dessa vez.

Nina não sabia o que estava fazendo na delegacia. A manhã cheia de neblina impedia que os raios de sol iluminassem a cidade com toda sua potência, e a presença do trio nas instalações da polícia paramilitar era uma mera encenação. Precisavam ganhar tempo até que o hacker os enviasse a localização do encontro. Se não comparecessem, seria porque estavam sendo seguidos pela polícia.

Nina recebeu uma chamada na *smartself*. Ao atender, reconheceu a voz do filho.

— A vó morreu.

A *root* se afastou dos colegas, procurando um local mais reservado para conversar, mas estava na delegacia. Precisou se contentar com um dos corredores. Quando ficou sozinha, sentiu um gosto azedo invadir a garganta.

— Como assim? O que aconteceu?

Paulo repetiu. A senhora havia falecido na cama na noite anterior. Ao vê-la pela última vez, Nina percebera que a mãe não estava bem.

— Tem mais… — disse Paulo.

O garoto enviou um anexo. Nina viu a lista de passageiros para a colônia Chang'e — não tinha o nome dela nem o de Paulo. Também faltava o nome dos dois amigos. Com certeza a nova condição de transplante de *smartself* havia sido aprovada.

— Fica calmo, eu vou dar um jeito nisso.

— Quando você veio me ver ontem, eu pensei que as coisas iam mudar.

— E vão. Só preciso…

— Nada vai mudar.

O filho dela não tinha acesso àquela lista. Não deveria ter, pelo menos.

— Paulo, como você ficou sabendo dessa lista?

— Tinha um grupo da Santa Igreja aqui em casa agora há pouco. Vieram me buscar. Vão me levar pro programa de aprendiz deles. Eu disse que não queria, mas me mostraram um documento. Foi a vó, ela passou a minha guarda pra igreja. Tem até polícia aqui. Falei que meu nome está na lista da Chang'e, mas me provaram que não.

— Fica calmo. Eu não vou deixar…

Nina foi interrompida por uma mensagem na interface.

VOCÊ NÃO TEM PERMISSÃO PARA
CONTATAR ESTE USUÁRIO

Logo abaixo, havia o logotipo da Santa Igreja.

A conversa foi encerrada. Nina não podia fazer uma nova chamada.

Antes que voltasse para a sala onde os amigos a aguardavam, Lídia a surpreendeu.

— Precisamos conversar.

— É agora que você vai me dizer que ferrou a gente?

Nina enviou o anexo à detetive: a lista da Chang'e sem os nomes. Lídia respirou fundo e balançou a cabeça, como se já esperasse.

— A gente *precisa* conversar.

— Não vai ter conversa nenhuma. Vocês enganaram a gente.

— Teve uma nova condição…

— Não ligo pra essa merda de condição! Você pode perguntar pros meus amigos, se quiser, mas *eu* não vou ajudar vocês em mais nada.

A detetive fez um sinal pedindo para que Nina falasse baixo. Olhou em volta, com os olhos arregalados, verificando se mais alguém havia escutado.

— Se você fizer isso, não vou poder te proteger.

— Acho que já não pode.

Nina enviou uma mensagem aos amigos. Estavam cercados por inimigos, não havia tempo a perder.

— Por favor, Nina, confia em mim.

— Mesmo que você tivesse boas intenções, agora não tem nada que você possa fazer pela gente.

Nina deu as costas. Atrás de si, ouviu a voz da detetive se elevar depois de um suspiro.

— Você está presa. Coloque as mãos na cabeça.

Nina chamou Kalango pelo chat.

NINA
As coisas saíram do controle,
vamos precisar de uma ajudinha.

KALANGO
Se prepara pra fugir, tô avisando o Tera e a Iza.

As luzes de toda a delegacia se apagaram, gerando um breu barulhento.

Nina aproveitou a distração coletiva para fugir. Não tinha implantes especiais nas córneas, então foi difícil andar sem enxergar direito. Quando as luzes se acenderam outra vez, estava bem no meio das mesas dos policiais na delegacia. Ouviu o grito de Lídia.

— Você está presa, mãos na cabeça. Não vou repetir.

> **NINA**
> Kalango? Seu plano acabou?

Foi quando viu Iza atravessar a delegacia em alta velocidade. Um grupo de policiais a seguia. Em meio à correria, notou um policial de quase dois metros de altura que parecia estar usando um uniforme alguns números menor do que o tamanho ideal.

> **KALANGO**
> Seus amigos estão seguros. Retirei todo o grampo que ainda tinham. Também consegui desativar os carros voadores da delegacia. Pode fugir quando quiser, não precisa ser sutil.

Lídia se aproximou de Nina, apontando a pistola no rosto da *root*.

— Você sabe que eu não posso deixar você fugir.

Nina ativou o *modpack* e, em um salto, abriu um buraco no teto da delegacia. Lídia chegou a acertar um tiro no ombro dela, mas o projétil selecionado era uma bala atordoante. A resistência da *root* estava aumentada e o impacto foi pequeno; apenas deixou a região acertada um pouco dolorida.

A quase vinte metros de altura, Nina avistou o buraco no teto. Aquele *modpack* era mais poderoso do que tinha imaginado.

14

Nina pousou no terraço da delegacia. O impacto rachou a superfície de concreto. Os policiais a cercaram, mas hesitaram. Nenhum ousou apontar a arma.

Um salto a levou para longe. Eles começaram a disparar quando Nina já estava distante e não representava mais perigo.

— Nina, para com isso — disse a voz de Lídia no chat da polícia, que ainda estava aberto. — Você só está dificultando as coisas.

KALANGO
Quer que eu bloqueie o acesso dos policiais?

Nina autorizou e não precisou mais ouvir a voz da detetive. Acionou a comunicação de voz com o hacker e os amigos.

— A gente precisa bloquear o rastreio e despistar todo mundo antes de reagrupar.

— Já cuidei disso — garantiu Kalango. — Eles não vão mais incomodar. A questão agora é outra: eu tava planejando um encontro em um lugar neutro, mas o Bigorna disse que o Rancatripa pôs a cabeça de vocês a prêmio. É só uma questão de tempo até eu virar alvo também.

— Vai deixar a gente na mão? — perguntou Iza.

— Não. Na verdade, agora vocês se tornaram mais confiáveis. Não preciso mais ser tão cauteloso. A polícia está na sua cola, e ninguém no submundo vai ajudar. Vamos nos encontrar agora, e vai ser no meu esconderijo.

O mapa indicava o interior da Vila Torres. Além de ser uma das regiões mais pobres da cidade, também não era conhecida por ser, exatamente, um centro tecnológico. Todas as conexões de rede tinham um histórico de não funcionar muito bem na região, mas Kalango devia ter resolvido o problema, já que sempre conseguia se comunicar com o trio sem interferência.

— A merda é que a gente tá entrando no território do Rancatripa — disse Iza.

— Vai ficar tudo bem — garantiu Tera. — Ele domina várias regiões. A sede dele não é aqui. É bom ter cuidado, é claro, mas também não precisa entrar em pânico.

As ruas eram feitas de um asfalto mais velho e quebrado do que o do centro da cidade. A maioria das casas e construções seguia um padrão antigo que misturava alvenaria e madeira. Muitos carrinheiros estavam estacionados na rua por onde passavam.

— Queria saber como conseguem dinheiro pra essas coisas — disse Tera. — Ouvi dizer que isso é caro.

Ele se referia aos carrinhos motorizados e flutuantes que estavam desligados e estacionados ao lado dos donos. Não tinham a potência de um carro, por isso precisavam ser empurrados. Sua energia ajudava o condutor apenas nas subidas de grandes ladeiras ou quando o peso do veículo se tornava grande. Flutuavam a meio metro de altura, sempre abarrotados de todo tipo de sucata, bastando que fossem recicláveis ou tecnológicas. Nina cansara de ver aquele tipo de veículo ficar sem energia no centro, o que sempre arrancava um suspiro de desolação do condutor.

— Acho que eles não compraram nada — disse Nina. — Ouvi dizer que os donos das grandes coletoras de sucata fornecem os carrinhos. Pagam pouco. Além do mais, as baterias são muito antigas, ainda feitas de chumbo-ácido. Se perdem a energia, o patrão costuma descontar um valor que leva dias pra ser quitado. É uma vida maldita.

Com os ombros caídos e um olhar cabisbaixo, Iza se aproximou de uma mulher com uma perna mecânica. Não era um implante comum, estava mais para um modelo rudimentar de prótese, sem qualquer funcionalidade além de manter o usuário em pé sem a ajuda de muletas. Nina foi atrás de Iza, preocupada com o que a amiga faria. Um menino pequeno corria ao lado da mulher. Em cima do carrinho, uma caixa de plástico servia de berço para um bebê recém-nascido.

O bebê sorriu para Iza, que devolveu um carinho em sua barriga.

— Você cuida deles sozinha? — perguntou Nina.

A mulher assentiu.

— Uma vez uma mulher saiu de dentro de um carro voador me oferecendo dinheiro pra ficar com meu bebê. Mandei ela à merda. A vida é difícil, e sai caro cuidar desses menino, mas são meus filho. Ninguém vai tirar eles de mim.

Nina pensou em Paulo e em como era importante que aquela aliança com o Kalango desse certo.

Iza pediu para acessar a *smartself* da mulher. Desconfiada, a carrinheira acabou cedendo. Em seguida, com um olhar lacrimoso, agradeceu a Iza e a abraçou. A *root*, ficando meio sem graça, se afastou do abraço e continuou seu caminho.

— É dinheiro suficiente pra comprar a comida do mês todo — disse a mulher. — Eu ia ter que trabalhar seis semanas sem parar pra conseguir isso.

Estranhando o lado mais manteiga derretida de Iza, que parecia inédito, Nina se aproximou da amiga.

— O que foi isso?

Iza deu de ombros.

— É aqui — disse Tera. — O mapa aponta pra esse galpão. Desde o começo tô me perguntando o que ele roubou da Santa Igreja. Talvez a gente descubra agora.

Os três estavam em frente a uma construção de cinco metros de altura. Nina só se lembrava de ter visto uma estrutura parecida em fotos e vídeos antigos. As paredes pareciam ser de uma espécie de liga metálica presa a uma estrutura de alvenaria básica. Havia pichações por todos os lados. Símbolos de diversas gangues, expressões artísticas mais próximas do grafite e frases sarcásticas sobre o mundo. O prédio era cercado por um muro alto com arame farpado no topo. Para um local que parecia abandonado, o galpão estava bem protegido.

No chat em que estavam conectados, Nina ouviu a voz de Kalango outra vez.

— Ainda bem que chegaram.

O portão de ferro do que parecia ser uma entrada de veículos se abriu.

— Você é um pouco paranoico com segurança, né? — comentou Iza.

— Meu alvo é a Santa Igreja. Eles já até fizeram pesquisas com clones pra reforçar a segurança de pessoas do alto escalão. Acho que meu cuidado ainda é pouco.

Nina atravessou o portão aberto, seguida pelos amigos. O portão elétrico se fechou quando os três estavam no longo corredor lateral que já servira de garagem. Havia todo tipo de tranqueira espalhada pelo chão e empilhada pelos cantos. Peças de computadores antigos, aparelhos eletrônicos empoeirados, uma infinidade de cabos e fios de todos os formatos e tamanhos.

No fim da bagunça, uma porta aberta.

— Eu sei que vocês vão ter mil perguntas pra me fazer — disse o hacker no chat. — Vou contar minha história com prazer, mas primeiro preciso que entrem no galpão. Aqui dentro é mais seguro.

Nina concordou, dando confiança para que os amigos a seguissem. Quando os três entraram, a porta se fechou sozinha, assim como o portão externo, segundos antes.

O interior do galpão também estava abarrotado de peças, mas aquelas pareciam no mínimo ter uma certa lógica de organização. Cabos de fibra ótica em um lugar, antenas de titânio em outro, falantes logo ao lado e assim por diante.

— Estou em um quarto nos fundos — instruiu o hacker.

Os três atravessaram a bagunça organizada e passaram em frente a algumas portas abertas para cômodos mais comuns: uma cozinha, um banheiro e algo parecido com uma sala de estar. Tinha até um sofá de plástico.

A única porta que estava fechada exibia uma luz azulada pela fresta de baixo. Nina a abriu. Uma cadeira de escritório estava cercada por mesas e balcões cheios de teclados físicos e holográficos. Alguns profissionais preferiam ter também telas físicas a seu dispor — os programadores não abriam mão, já que era muito comum precisarem trabalhar em múltiplos códigos ao mesmo tempo. As *smartselfs* permitiam aquele tipo de tarefa, mas nada parecia substituir a comodidade de teclados e monitores ao alcance dos dedos. O homem no centro de toda aquela ilha de programação aparentava ter pouco mais de trinta anos.

— Sejam bem-vindos — disse ele.

Pela primeira vez, Nina ouvia a voz real de Kalango, sem os efeitos de modulação que ele usava para falar no chat das *smartselfs*. O timbre era grave e manso, quase como o de um locutor.

Os olhos de Tera e Iza estavam arregalados. Os dois não se moviam nem diziam nada. Nina não precisou perguntar; sabia a razão da surpresa dos amigos.

O hacker tinha a cabeça raspada, tatuagens no pescoço, nos braços e no crânio. Apesar de não ter cabelo nem barba e estar alguns anos mais velho, os olhos azuis e os ossos protuberantes do rosto denunciavam sua verdadeira identidade.

Nina estava diante de Jesus Cristo.

Kalango não tinha roubado a Santa Igreja. Ele tinha fugido dela.

Kalango

Antes

Uma menina estava sentada sozinha nos fundos do refeitório.

Era tudo o que ele queria. Uma conversa sem supervisão.

— Qual é o seu nome?

A menina o olhou sem muita emoção.

— Marta, e o seu?

Jesus tomou fôlego para responder, mas percebeu o sorriso no rosto dela.

— Tá brincando comigo, né, Marta?

— Desculpa, eu sei que todo mundo aqui te respeita e tudo mais.

— Posso contar uma coisa? — Ele se sentou ao lado dela. — Eu não gosto do jeito que todo mundo me trata.

— Eu não concordo muito com a Igreja, sabe? Todo mundo aqui quer aprender uma profissão e trabalhar pra Igreja um dia. Eu só quero ir embora e começar a vida em outro lugar.

— Quantos anos você tem?

— Quinze.

Jesus controlou a voz e falou baixinho:

— Eu não acho estranho você não gostar da Igreja. Acho estranho o resto das pessoas gostar. — Ele terminou com uma piscadela. Marta sorriu. — Por que está aqui, se não concorda com a Igreja?

A menina gargalhou, mas, ao notar a dúvida legítima no olhar de Jesus, respirou fundo e ficou séria.

— Você não sabe?

O Messias franziu a testa.

— Isso aqui não é só uma escola — explicou Marta. — A gente mora aqui também. Crianças que ficaram sem poder ver os pais… Algumas nasceram nas ruas, outras perderam os pais em acidentes, e teve gente que foi tirada de casa pelo governo por alguma merda que alguém fez.

Jesus arregalou os olhos. Até se flagrou boquiaberto.

— Ah, desculpa — disse Marta. — Eu sei que a gente não deve falar palavrão perto de você…

— Relaxa. Não foi por isso que fiquei assustado.

Jesus bateu o ombro de leve contra o de Marta, como se a provocasse. Ela respondeu com outra batidinha. Os dois riram.

— E do que você gosta, Marta?

Ela desviou o olhar.

— Ah, vai ficar com medo de mim agora? Pode falar, eu prometo que não conto pra ninguém.

Marta passou a mão no cabelo crespo, ainda decidindo se devia ou não responder. Acabou cedendo.

— Gosto de programação.

Jesus sorriu.

— Eu também.

— Ah, mas não essas coisas que ensinam aqui. Eu gosto mesmo é de sistemas de *root*.

Jesus riu.

— Eu também, Marta. Eu estudo programação por conta própria desde que tinha a sua idade. Ainda estou aprendendo sobre *roots*, mas gosto do assunto. Tenho muita coisa chata pra fazer na Igreja, sabe? Muita propaganda, muita reunião com gente engravatada. Eu precisava de um hobby.

A porta do refeitório se abriu. Era o assistente de Jesus. Ele se aproximava apressado.

— Senhor, por favor, não saia do cronograma desse jeito. O senhor precisa acompanhar a visita programada. Sabe como o Profeta fica preocupado...

— Já sei, já sei — retrucou Jesus, depois se virou para se despedir de Marta. — Volto outro dia pra gente conversar mais sobre programação. — E tocou os lábios com o indicador, pedindo que a menina guardasse a conversa em segredo.

Ele cumpriu a promessa. Voltou em todas as visitas programadas pela igreja. Na Casa do Aprendiz, dava atenção para o máximo de adolescentes que conseguia, mas sempre se preocupava com Marta. Não podia negar; gostava de ficar perto de gente que se sentia excluída. Não demorou para que começassem a trocar e-mails sobre programação e sobre o universo *root*.

Um dia, as visitas programadas pararam de ocorrer. Pouco tempo depois, Marta também parou de enviar e-mails. Algo de errado havia acontecido.

Uma imagem apareceu no interfone. Um homem de rosto quadrado semicerrou os olhos para identificar quem estava à porta.

— Quem é?

Jesus levantou o rosto e baixou o capuz do moletom. Alargou o sorriso. Com isso, dispensava uma resposta.

— Senhor? Não estávamos esperando… Perdão, acho que houve algum problema, porque na nossa programação não há visitas agendadas para hoje.

— Relaxa. Não foi agendada nenhuma visita. Eu vim sozinho desta vez.

Jesus tentou abrir o portão de ferro, mas notou que ainda estava trancado.

— A gente não tem equipe para recebê-lo hoje.

— Não precisa de equipe, eu me viro sozinho. Só quero rever a molecada. Faz dois anos desde a última vez que vim aqui. Quero ver como está todo mundo.

O silêncio do homem denunciou a preocupação. Jesus abandonou o tom informal da fala e resolveu forçar a entrada.

— Olha, não quero incomodar. Vou até fazer uma chamada pro Profeta. Ele vai se desculpar pessoalmente por mim…

O portão se destrancou.

— Não precisamos incomodar o Profeta. Se o senhor diz que quer nos visitar, quem somos nós para negar?

Dentro da Casa do Aprendiz da Santa Igreja de Salomão, Jesus reconheceu as paredes cinzentas. Deviam ter recebido uma nova demão de tinta, mas era o mesmo tom.

Um homem se aproximou para recebê-lo.

— Posso guiá-lo em um tour, senhor.

— Não precisa. Eu queria rever o pessoal. Prometi uma coisa pra uma menina daqui… O nome dela é Marta.

O homem assentiu.

— Ela está em aula, senhor.

— Não precisa me chamar de senhor. Sabe o que é? Tô com o tempo meio curto hoje. Se puder chamar ela, eu ficaria muito agradecido.

— Sim, senhor.

Jesus aguardou num sofá vermelho no saguão. Minutos depois, reconheceu Marta, que surgia de um dos corredores. Estava mais magra e muito mais alta, com o cabelo alisado.

— Lembra de mim? — perguntou Jesus.

— Claro.

O Messias lançou um olhar ao homem que acompanhava a moça. O sujeito entendeu a indireta e deixou os dois a sós.

— Vim ver se estava tudo bem, você parou de responder os e-mails…

— Eu continuo programando, mas agora consegui um estágio em um dos servidores da Santa Igreja.

— Sério? — Jesus soou quase decepcionado. — Pensei que você não gostasse da Igreja.

— Isso é coisa da minha antiga vida. Eu tô renovada agora. Sigo os ensinamentos do Profeta. Nunca fui tão feliz.

— Feliz? Marta, você era tão diferente… Queria seguir o próprio caminho, lembra?

— O caminho do mundo é um caminho de perdição.

Jesus ergueu uma das sobrancelhas. Era verdade que as pessoas mudavam, mas Marta parecia um robô. Havia alguma coisa errada. Ela exibia um olhar sorridente quase ensaiado.

O funcionário da Casa voltou. O assistente de Jesus Cristo, que sequer tentou esconder o descontentamento, o acompanhava.

— O Profeta não gostou nada disso. Está vindo amanhã conversar com o senhor. Preciso te levar até a igreja agora mesmo.

Jesus não quis demonstrar, mas gostou de saber que o Profeta apareceria apenas no dia seguinte. Teria um dia para fazer suas pesquisas e invadir alguns servidores. Não era difícil. Quando o Profeta chegasse, ele já saberia quais perguntas fazer.

— Me entristece ter que vir até aqui pra dar uma bronca no nosso salvador — disse o líder supremo da Santa Igreja.

Jesus abaixou a cabeça. Graças à pesquisa da noite anterior, entendia bem a razão da presença do Profeta ser tão forte para ele. Não conseguia afrontar o homem, mesmo já sabendo como discordar dele em tudo.

— Tenho uma pergunta — ousou dizer, sem levantar os olhos.

— Quando eu autorizar, você vai poder fazer sua pergunta — respondeu o Profeta, elevando a voz. — Por ora, vou mandar tirar todos os aparatos tecnológicos que você possui. Também pretendo limitar seu acesso à própria *smartself*. Até que volte a ser o salvador confiável de que precisamos, não vai mais aparecer em público.

A última parte da punição não era problema algum — ele odiava propagandear a Igreja. Além do mais, já havia muitas horas de gravações; a Santa Igreja poderia usá-las por anos antes de precisar repetir alguma. Já limitar o acesso à *smartself* era a proibição mais canalha e inútil que ouvira em toda a vida. Seria facilmente burlável. O problema eram os princípios: controlar a *smartself* de alguém era como controlar uma pessoa, o auge do que o software livre combatia.

O Profeta deu as costas, e foi então que Jesus ergueu o olhar, com suor nas mãos, e fez a pergunta mesmo assim.

— Por que é que vocês estão manipulando as crianças do centro?

O Profeta o encarou, um ódio contido no olhar. Havia medo. Vontade de punir.

— É, eu sei… — prosseguiu Jesus. — Vocês estão fazendo experimentos com alterações químicas em *smartselfs*. Entendo que tenham instalado isto aqui em mim, sou uma cria de laboratório, um garoto-propaganda artificial. É antiético, mas sou propriedade sua. O difícil mesmo é entender por que é que vocês estão fazendo isso com crianças. Trocando as *smartselfs* por modelos desenvolvidos pela Igreja. Eu sei bem o que vocês querem…

— Já chega! — gritou o Profeta.

Embora tivesse conseguido anular alguns dos efeitos da própria *smartself*, Jesus só estaria livre de sentir medo quando fizesse um *root*.

O Profeta deixou a sala sem responder à pergunta, mas Jesus já sabia a resposta. O motivo do questionamento era outro: o Profeta precisava saber que seu precioso Messias não confiava mais na Santa Igreja.

Já fazia cinco anos que Jesus Cristo não respondia mais por aquele nome. Naquele período, cansara de ver propagandas suas. Filmagens e fotos antigas reutilizadas em novas peças de marketing da Igreja.

Naquele momento, tinha a cabeça raspada e tatuagens espalhadas pelo corpo. Vivia a vida do submundo e criava golpes digitais contra grandes corporações. Tinha virado uma lenda. Ninguém conhecia sua identidade real — mas ele não precisava que conhecessem. Tinha uma nova identidade. Só faltava enviar uma mensagem.

> **KALANGO**
> Olá, pai, está com saudades de mim? Soube dos planos para dominar as *smartselfs* dos outros, então estou pensando em fazer uma aparição pública como Jesus Cristo e dizer para todos os fiéis que você é um mentiroso, que tal? A propósito, meu nome agora é Kalango. Vem me pegar.

Kalango conseguiu listar os principais *roots* da cidade. Traçou um perfil psicológico de cada um, analisando com cuidado até escolher quem iria recrutar para o maior ataque que já planejara na vida. Teve que fazer uma investigação. Até conseguiu escutar algumas conversas através de *smartselfs* invadidas. Os três principais candidatos para o serviço chamaram a atenção do hacker com uma frase: "Se ninguém resistir à tirania, ela vai achar que pode existir. E não pode."

15.

— Tem uma coisa que não bate nessa história — disse Nina, só então se dando conta de que estava sentada. Ouvir o relato de Kalango tinha arrebatado sua concentração para longe das urgências que haviam levado o trio até ali. — Você quebrou a segurança da Santa Igreja e foi o único hacker a conseguir criar *modpacks* estáveis. Isso é muito suspeito. Existem outros com mais experiência que não foram capazes nem de metade do que você fez.

O Jesus fugitivo a olhou por detrás de uma das telas holográficas projetadas entre os dois.

— Eu devia ter imaginado — disse Tera, com um sorriso. — Ele usa um *modpack* para criar *modpacks*, Nina.

Kalango confirmou a informação.

— Não é arriscado? — perguntou Nina.

— É um pouco — respondeu Kalango, mas parecia não querer dar muita atenção ao detalhe.

— É muito — corrigiu Tera. — Você podia ter morrido. É perigoso testar *modpacks* sem alguém com acesso aos códigos pra controlá-los.

— Era justamente isso que eu estava testando. Meu *modpack* é o *command.exe*, que aumenta consideravelmente minha velocidade de processamento cerebral. Ideal pra ajudar com múltiplos idiomas, linguagens de programação e criptografia. A única desvantagem é que consome muito processamento... Não posso nem me levantar quando estou usando essas funções. Foi por isso que montei essa estação de trabalho. Dá pra conectar a *smartself* aos monitores e, além do que programo na cabeça, também posso usar as mãos para acessar informações aqui, no mundo físico. Pra levantar pra tomar um copo d'água eu preciso desligar o *modpack* pra não sofrer um *boot*. Já aconteceu antes e é horrível. Acordo horas depois sem entender nada e com gosto de vômito na boca.

— Isso explica seu alto desempenho em programação, a invasão das redes e o desenvolvimento de *modpacks* estáveis — falou Tera —, mas é ainda mais impressionante e inexplicável que você tenha feito seu primeiro *modpack* sozinho e testado em si mesmo. As pessoas evitam *boots* a todo o custo porque há um risco grande de dano cerebral irreversível.

— Levou um tempo pra estabilizar, mas, quando aconteceu, foi bem rápido pra conseguir reputação no submundo. Eu era como um time de dez hackers trabalhando em vez de uma só pessoa com o cérebro todo modificado por códigos. Além do mais, eu sabia dos riscos. Pra quem não tem nada a perder, arriscado mesmo é não tentar.

Iza parecia estar quase dormindo. Nina balançava uma perna cruzada sobre a outra.

— Se é assim, por que não tem milhões de pessoas tentando a mesma coisa? — questionou Tera.

— Porque eles preferem vender *modpacks* instáveis do que insistir em testar nas mesmas pessoas. O retorno financeiro é maior e mais rápido. No meu caso, eu não estava atrás de retorno financeiro.

— E por que criou *modpacks* diferentes?

— Analisei os históricos de vocês. Tentei criar coisas que tinham a ver com a personalidade e o desempenho de cada um. Não faz sentido dar superforça pra uma pessoa que, como eu, tem mais interesse em programação e matemática. Do mesmo jeito, tentei elaborar *modpacks* que complementassem seus interesses e habilidades naturais. Achei que seria mais proveitoso. A forma como vocês derrotaram os homens do Rancatripa, que eram mais numerosos e estavam com armamento pesado, prova que eu estava no caminho certo.

Iza começou a andar pela sala, derrubando uma pilha de livros e brincando com peças eletrônicas empilhadas em um canto. Nina investigou o olhar de Kalango e concluiu que não havia razão para estar sendo enganada. O hacker tinha acesso à *smartself* dela, já a havia invadido algumas vezes e poderia muito bem manipulá-la com alguma informação pessoal, se quisesse, mas preferira propor uma parceria. Mais ainda: tinha feito parte do pagamento antes que o trio pudesse responder.

— O que você quer da gente, afinal? — perguntou Nina.
— A gente tá te dando uma chance, até veio aqui, mas meu filho foi levado pela Santa Igreja pra essa Casa do Aprendiz. Se o seu plano não envolver o resgate dele, pode me considerar fora.

Tera e Iza a encararam, surpresos, mas não tentaram acalmá-la. Kalango assentiu e passou à explicação do plano.

— Seu filho precisa sair de lá o mais rápido possível. Resgatar as crianças e os adolescentes é prioridade. A Santa Igreja anda testando controle mental naquela molecada.

Depois de resgatar todo mundo, vamos ter que garantir a segurança deles. Vou estudar as *smartselfs* e encontrar um jeito de quebrar a segurança da Santa Igreja. O objetivo final é anular a manipulação química, deixando as pessoas livres para tomarem as próprias decisões. Vai ser a coisa mais difícil que já fiz até hoje. Primeiro...

— Já entendi. — Nina se levantou, impaciente. — Quero saber pra onde vamos levar a molecada depois do resgate. A Igreja não vai desistir deles tão fácil assim. E não vai dar certo trazer todo mundo pra cá.

— Conheço um lugar — interferiu Iza.

Nina observou a expressão da amiga, esperando alguma piada envolvendo o Lado B, mas o olhar sério que recebeu em troca a deixou confusa.

— Como assim?

— Aquele lugar onde você e o Tera foram me buscar. Acho que dá pra esconder eles lá.

Kalango caminhou até uma mesa no fundo do quarto. Um projetor se acendeu, iluminando a parede traseira do cômodo e exibindo um mapa da cidade.

— Vou precisar incluir o resgate no meu plano.

Nina observava o prédio que abrigava a Casa do Aprendiz da Santa Igreja, uma construção branca de uns três metros de altura, com letreiro vermelho, de acordo com o padrão de cores da Igreja. De um lado, o símbolo da instituição religiosa que tinha como marca o globo terrestre, do outro, o nome do local em letras luminosas. A fachada de vidro ia do chão ao teto, e as laterais eram irregulares — um trabalho arquitetônico que não devia ter poupado esforços nem gastos, como era costume em qualquer propriedade da Santa Igreja.

Por trás da neblina espessa, era possível avistar o contorno da lua cheia amarelada, uma cena cada vez mais rara.

Nina estava sozinha, sentada na beirada do terraço de um dos prédios vizinhos. Não queria ficar muito perto para não chamar atenção, mas observar de longe, como havia sugerido Tera, parecia impessoal demais. Sentia no peito uma mistura de aflição amarga, preocupação azeda e remorso podre. O estômago revirava.

Crescer em um mundo que não parecia ser feito para ela havia sido difícil. Virar uma *root* a banira da sociedade para sempre, marcando-a como parte do submundo. Os orgânicos eram mais tolerantes, ainda que fizessem questão de ter comunidades separadas, mas a Santa Igreja era incansável, com os discursos inflamados em que o Profeta e os apóstolos deixavam bem claro que pessoas como ela eram uma aberração. Se os relatos de Kalango estivessem corretos, o monopólio das *smartselfs* pela igreja poderia facilitar a manipulação dos seguidores com maior eficiência. Conseguiriam até aprovar uma série de leis que tornaria legítima a perseguição contra pessoas como ela e os amigos.

Não parecia haver espaço para Nina naquele lugar.

Os devaneios dela foram interrompidos por uma movimentação no portão do prédio. Uma mulher saiu. Nina se inclinou para olhar melhor e reparou que ela aparentava ter quase cinquenta anos. Usava uma touca marrom e um agasalho preto aberto na frente, deixando uma fresta por onde era possível ver o uniforme da Casa do Aprendiz.

Nina desceu do prédio em um salto, controlando a intensidade do pouso. A mulher devia ter escutado um barulho, porque olhou desconfiada na direção dela. A *root* se escondeu nas sombras e aguardou que a funcionária do abrigo de menores continuasse.

A perseguição durou quase dez minutos. Nina mantinha uma distância média, mas, ao sair da frente do prédio, não se preocupou mais em ser silenciosa nem em diminuir a velocidade. Quando se aproximou, o barulho de motor dos carros elétricos zumbiu nos ouvidos dela. Sobrevoavam poucos metros acima de sua cabeça.

A mulher se virou e encostou na barriga de Nina uma seringa com *no-smart*. Era um objeto semelhante a uma pistola, mas com uma agulha na ponta.

Nina saltou, tentando abrir caminho para a fuga, mas caiu dez metros adiante com as imagens da interface comprometidas pela estática.

Quando se deu conta, estava cercada de policiais. Tentou engajar em combate e chegou a derrubar dois homens com socos, mas seu corpo não tinha mais a resistência e a força do *modpack*. Só interrompeu a investida furiosa quando avistou Lídia Gaber e uma arma de fogo.

— Queria que você tivesse confiado em mim.

16.

Eric não queria mais saber de Lídia Gaber — ou pelo menos foi isso o que a detetive leu no rosto do delegado: a testa franzida, o olhar arregalado e a boca desalinhada.

— Você tá de brincadeira — disse ele.

Lídia nem havia feito o pedido ainda, mas Eric já devia saber do que se tratava.

— Você sabe que eu preciso interrogar a Nina. — Lídia se calou ao ver a descrença retorcer o rosto do superior, obrigando-o a descansar a cabeça entre as mãos. — A suspeita, eu quis dizer.

— De todas as loucuras que você já me fez passar nessa missão, por que é que eu iria liberar isso?

— Estou com o pressentimento de que tem alguma coisa errada nessa história.

— Você já teve um pressentimento uma vez antes, lembra? Foi quando essa mesma suspeita fugiu por um buraco no teto da minha delegacia. Sabia que o pessoal da Secretaria de Segurança tá no meu pé por causa disso?

— Acho que a Santa Igreja...

— Nem comece a falar deles. — O delegado se recostou na cadeira, inclinando-a para trás. — O Mantolvani não para de me mandar mensagens. Quando tentei ignorar o infeliz, sabe o que aconteceu? Me arranjaram uma reunião com o deputado Félix Marciano hoje à tarde.

Sempre que Eric era obrigado a interromper o trabalho para ter uma reunião com políticos, a rotina na delegacia passava dias mais tensa do que de costume. Saber que havia sido a causadora direta daquela reunião abalou a confiança de Lídia durante a conversa, mas desistir sem lutar não era uma opção.

Compartilhou com o delegado os arquivos que reunira nas duas últimas madrugadas, o que havia rendido a ela aquelas olheiras. Eric suspirou. Ele sabia que não conseguiria vencer a discussão sem ao menos dar uma olhada. Depois de alguns instantes em que suas córneas piscaram com os bits de informação, a expressão dele começou a mudar.

— Então, além de deixar os *roots* fugirem, agora você quer investigar nosso contratante?

— Dei uma olhada na lei. — Sem ser convidada, Lídia se aproximou da mesa do chefe e se sentou. — Se a gente puder provar que o contratante cometeu um crime, vão ser obrigados a nos pagar mesmo assim, e ainda vamos receber uma recompensa do governo por impedir esse tipo de fraude. Não é muito comum, mas está previsto em lei.

— Por que você acha que não é comum? Pode até ser legal, e garantimos o recebimento pelo trabalho, mas o que acha que vai acontecer depois? Ninguém vai querer contratar uma delegacia que prendeu o próprio contratante. A gente vai à falência. Acha que essas empresas não têm o rabo preso? Se a gente começar a investigar todo mundo, não vai sobrar cliente. Precisamos pagar as contas de algum jeito.

É justo? Claro que não, é um nojo ter que trabalhar dessa forma, é uma merda, mas é assim que as coisas são. Se quiser continuar sendo policial, precisa se acostumar a lidar com a injustiça de vez em quando.

Lídia entrelaçou os dedos, apoiando as mãos na mesa do delegado.

— A gente tem um compromisso com a população.

Com o silêncio, foi possível ouvir o ruído das velhas lâmpadas de LED do escritório.

— Acho que a Nina agiu sozinha — continuou Lídia. — Os outros não estavam com ela quando a prendemos. Não significa que o grupo tenha sido desmantelado, mas é uma possibilidade.

— Recebi um relatório do pessoal da TI. O *modpack* que a suspeita está usando não pode ser removido. É um sistema complexo, criado por programadores habilidosos e muito mais caros do que os que temos aqui na delegacia. Você sabe o que isso significa, não sabe, Lídia? Mesmo que você consiga arrancar alguma coisa dela, não vai ter mais acordo. Ela se tornou cúmplice do alvo.

Lídia tentou argumentar por mais alguns minutos, mas não demorou para que se dessem conta de que a conversa não teria fim.

— Quer saber de uma coisa? — Eric se ajeitou na cadeira, largando os braços para baixo. — Você tem dez minutos. Vai lá, conversa com a sua amiguinha e vê se descobre alguma coisa. Quando perceber que foi perda de tempo, não venha atrás de mim chorando por mais algum favor. Agora vê se some do meu escritório.

Lídia se certificou de que estava sozinha com Nina na sala de interrogatório antes de dizer:

— Você mentiu pra mim. Trabalhou com o Kalango esse tempo todo.

— Você também mentiu pra mim. O nome do meu filho foi tirado da lista, e você sabia disso. Acho que estamos quites.

— Pra sua sorte, acho que tem uma coisa maior acontecendo aqui. Uma coisa que faz de você uma vítima, em vez de uma criminosa.

Nina riu. Já havia sido chamada de muitos nomes pela polícia, mas aquele era novo.

— Você precisa confiar em mim, Nina.

A *root* cruzou os braços e soltou um muxoxo.

— Não, obrigada.

Lídia enrijeceu os músculos do rosto, deixando o maxilar protuberante. Ajeitou a franja que caía sobre os olhos e puxou a mecha branca para o lado.

— Sei que é difícil pra você, mas preciso que colabore comigo. Posso ajudar seu filho.

— Do mesmo jeito que ajudou antes?

Lídia esfregou o rosto.

— É difícil de acreditar, mas eu não te enganei. Fomos pegos de surpresa com esse novo acordo. Não era isso que eu tinha em mente quando assumi a divisão *root*.

— Mas você sabia do acordo e não avisou a gente.

A detetive se calou e ajeitou a postura, o que confirmou para Nina que as suspeitas dela eram verdade.

— Eu tenho regras a seguir — respondeu Lídia.

— E é exatamente por isso que a gente não confia em você. Você pode até ser diferente dos outros, mas, na hora de tomar uma decisão, valoriza as próprias regras. Eu prefiro valorizar o que é mais importante no momento: meu filho. Vou te contar um segredo, detetive: as leis são injustas. É assim porque foram feitas por pessoas preocupadas com outras coisas além da justiça. Se a sua moral é importante pra você, precisa aprender a ignorar as leis de vez em quando. Elas não compartilham do seu senso de justiça.

Lídia respirou fundo e olhou ao redor até encontrar algo para dizer.

— Seu filho está na Casa do Aprendiz.

Nina deu de ombros. Não queria dizer mais do que o necessário.

Lídia se aproximou e controlou o volume da voz.

— Eu posso tirar ele de lá.

— Claro que pode. Só não quer.

— Me fala o que você sabe sobre o Kalango.

— A gente se conhece há pouco tempo, detetive, mas já devia saber que eu nunca trairia meus amigos assim.

— E você mesmo assim foi sozinha tentar resgatar seu filho. Onde eles estavam?

Nina sorriu. Não disse nada, mas confrontou Lídia com o olhar.

— O juiz está vindo hoje mesmo. Não tem mais volta pra você, Nina. Vão te manter com *no-smart*. Assim que o juiz assinar sua sentença, vão apagar sua *smartself*. Sou a única pessoa que pode ajudar. Se não confiar em mim, não vai ter nada que eu possa fazer.

Fazia tempo que Nina havia aprendido a não cair naquele tipo de conversa.

— Até gosto de você, Lídia. Seu idealismo é bonito, mas não cola. Não se aplica à vida real. Já deu uma volta nas regiões periféricas? Já tentou viver se alimentando só de comida processada ou sintética? Já teve que vender sua última droga pra comprar fralda pro filho? Já sofreu crise de abstinência logo em seguida? Já teve que se afastar de quem mais ama porque o mundo não tem espaço pra você?

Lídia parecia uma estátua. Os sentimentos estavam camuflados em um semblante sério, mas Nina tinha certeza que havia afetado a detetive. Depois de um instante de silêncio, concluiu:

— Eu já. Então você vai me desculpar se eu não confiar em você agora. Pode parecer besteira, mas não é nem porque você mentiu pra mim. É porque eu sei que, seja lá o que você estiver pensando, não vai funcionar. O submundo nunca é contemplado pela boa vontade das *pessoas normais*. — As duas últimas palavras foram ditas com um tom de sarcasmo. — Minha mãe morreu, e eu nem vou poder ir ao velório pra me despedir.

Só então Nina percebeu que nem sequer havia chorado ainda.

Lídia respirou fundo.

— Então não há nada que eu possa fazer por você — concluiu ela, mais para si mesma do que para Nina.

— Sei disso desde a primeira vez que pisei nessa delegacia, detetive.

17.

Uma pequena sala no segundo andar da delegacia era dedicada aos julgamentos de *roots*. O juiz trajava um terno preto. Os olhos vermelhos denunciavam o uso de implantes oculares.

Ao lado direito dele, estava a promotora, uma mulher que havia passado por tantas cirurgias plásticas que era impossível estimar sua idade, embora o cargo sugerisse que não fosse tão jovem assim.

Lídia, que fora convocada por ser a detetive responsável pelo caso, avistou Nina sentada. Um policial se aproximou e removeu a algema neural de Nina, deixando-a sob observação. Ela parecia tranquila — o que era estranho, pois nenhum *root* ficava tranquilo durante um julgamento.

O único rosto desconhecido era o de um jovem rapaz, ainda com espinhas no rosto, usando um terno cinza.

— O advogado de defesa pode se apresentar — pediu o juiz.

O jovem caminhou até a bancada de madeira artificial onde o juiz estava sentado.

— Ele não é meu advogado — disse Nina.

Um burburinho que misturava resmungos e risadas se formou entre os policiais. O juiz pediu ordem.

— Você renuncia formalmente a um defensor público?

— Com todas as letras. — Nina se virou para o rapaz. — Nada pessoal, guri.

Lídia via todos os acontecimentos redigidos na interface, ação de um aplicativo de tribunais. Todos os presentes tinham acesso, exceto Nina, que estava com *no-smart*. Em vez disso, ela podia assistir ao texto na tela projetada na parede atrás do juiz. Se alguma prova digital fosse apresentada, também seria mostrada ali.

Meio cabisbaixo, mas sem qualquer remédio, o advogado se retirou depois do gesto do juiz, que autorizou a dispensa. Lídia sabia que aquilo era mera formalidade. Nina seria condenada com ou sem defensor.

O juiz se ajeitou no assento e, com uma voz grave e cansada, começou:

— A senhora é acusada de trair a polícia paramilitar durante uma ação em conjunto, além de representar uma ameaça à Casa do Aprendiz da Santa Igreja de Salomão ao fazer uma vigilância ilegal nas dependências. Além disso, tenho aqui uma acusação de perseguição e ameaça a uma funcionária desse mesmo centro.

Enquanto o homem falava, várias fotos e pequenos vídeos de Nina nos arredores do local eram mostrados na tela projetada.

— Não podemos nos esquecer da confusão causada no Novo Batel, evidenciando o uso proibido de um *modpack* — continuou o juiz. — Há também relatos de uma ocorrência parecida no viaduto do Capanema, o que gerou um prejuízo enorme para o município, que teve que arcar com os custos da reconstrução desse mesmo viaduto.

As imagens mostravam Nina e os amigos no confronto que dera tanta dor de cabeça a Lídia. Eric ainda estava lidando com as consequências do ocorrido no Novo Batel. A surpresa viera com a briga no viaduto. Como o juiz tinha acesso àquelas informações se nem a polícia tinha conseguido compilar as imagens?

— Estão faltando duas coisas. — Nina levantou dois dedos, a mão erguida em direção ao juiz. — Me tornei cúmplice do Kalango, o hacker que roubou a Santa Igreja.

O juiz franziu a testa. Devia estar acostumado a lidar com todo tipo de espertinho durante um julgamento, mas demonstrou curiosidade.

— Qual é a segunda?

— Gostaria de mandar o senhor pro inferno, antes que me esqueça — completou Nina, e mostrou os dois dedos do meio.

Um dos policiais se aproximou e baixou as mãos da *root*, resmungando algo no ouvido dela. Com o sorriso de alguém que acabara de ganhar na loteria, Nina olhou para Lídia. A detetive tentou pedir com o olhar que ela calasse a boca, mas sabia que era perda de tempo.

A atitude da ré fez com que o burburinho entre os policiais aumentasse. O juiz e a promotora se entreolharam, de olhos arregalados.

— Acredito que o nome disso seja desacato — continuou Nina. — Aí estão suas duas acusações faltantes.

O juiz pigarreou e tomou um gole d'água.

— Devo supor que você se declara…

— Culpada. Pode escrever aí. — Nina ergueu o tom de voz. — Aliás, tá todo mundo dispensado, o julgamento acabou.

— Ordem! — bradou o juiz, martelando a bancada. — Quem decide isso sou eu, senhorita Valentina.

Sem qualquer procedimento adicional necessário, ele exclamou a frase final logo depois de condenar a ré:

— Estão todos dispensados.

Lídia voltou à sua mesa. A primeira coisa que fez foi acessar os registros do julgamento.

Ao procurar o emissor da ordem, esperava algum endinheirado que houvesse tido prejuízo com algum crime que Nina cometera no passado, mas foi obrigada a pedir desculpas aos colegas por socar a mesa quando viu o nome do deputado e apóstolo Félix Marciano. Uma coisa era ela prender Nina por desobedecer ao acordo com a polícia, mas uma interferência gritante de um cliente na condenação de alguém era um crime por si só.

Kalango recebeu uma notificação de mensagem. O chat dele estava bloqueado para quase todo mundo. Com Tera ao seu lado e Nina presa e sob os efeitos do *no-smart*, só restava um contato possível.

IZA
Aqui está.

Em anexo, uma cópia digital de toda a leitura de córnea que ela havia feito na funcionária da Casa do Aprendiz.

Depois de analisar o arquivo e constatar que, apesar de incompleto, continha informações suficientes para acessar as dependências do prédio, o Kalango assentiu para Tera, avisando que estava tudo em ordem.

O homem de quase dois metros pegou um par de pistolas MD15 e as escondeu no coldre embaixo dos braços. Por cima, vestiu um casaco cinza.

— A gente se encontra no ponto de desova.

O hacker observou o novo colega deixar o galpão.

>   KALANGO
> Tera acabou de sair. Aliás, como você conseguiu copiar a córnea da mulher?

>   IZA
> Talvez eu tenha precisado seduzir ela um pouco.

Nina acabara de ser presa. Estavam em perfeita sincronia. Assim que a polícia deixara os arredores da Casa do Aprendiz, Iza aguardara até uma funcionária aparecer. Havia levado uma lente de contato forense capaz de copiar padrões de córnea. Não era muito precisa, mas devia ser o suficiente, já que Kalango só precisava de 40% de compatibilidade para simular o restante através de programação orgânica.

Ele sabia que os seguidores da Santa Igreja eram hipócritas. Condenavam em público coisas que faziam escondido. Ainda assim, foi uma surpresa o sucesso de Iza em algo que a Igreja parecia condenar ainda mais do que os outros pecados da enorme lista de proibições do Profeta.

Depois de quase duas horas de espera, Tera avisou no chat do time:

> **TERA**
> Estão a salvo.

Iza havia conseguido que um abrigo de orgânicos acolhesse a molecada.

Kalango soube que aquela era sua deixa para agir. Todos os comandos necessários, números de redes e sistemas de invasão estavam configurados. Foi simples entrar no sistema da polícia outra vez; era tão arcaico que ainda tentava se proteger com antivírus.

Procurou no banco de dados por Valentina Santteles e descobriu que ela seria julgada em poucos minutos. Já que a colega estava com *no-smart*, foi necessário invadir a *smartself* de um dos policiais que assistia à sessão. Sempre tinha algum imbecil que usava a mesma senha para todos os serviços on-line, e Kalango já tinha uma lista dos policiais mais vulneráveis da delegacia — só precisou escolher um presente no julgamento.

Quando o juiz declarou Nina culpada, Kalango se desconectou. Na interface da *smartself* havia três áreas de trabalho, como de costume. Em uma delas acontecia a invasão à *smartself* do policial. Quando encerrou a conexão, ignorou a segunda área, na qual estavam os planos da tarde e o chat com os colegas. Acessou a terceira. Lá estavam abertas duas janelas de comando onde programava em tempo real, o que levava o consumo do *modpack* a um 70% alaranjado no canto da interface. Nos monitores físicos estavam os relatórios e diagnósticos de todos os sistemas que tentava acessar. Enquanto mexia nas janelas de programação, digitou em um dos teclados, à procura de onde estava armazenada a recente decisão do juiz.

Nas telas holográficas pulsavam os dígitos azulados sobre a camada transparente que simulava um monitor. Alterar o status para inocente foi moleza.

> KALANGO
> Está feito.

O filtro de palavras-chave lhe enviou uma notificação. Em uma das áreas de trabalho, Kalango abriu a imagem de um telejornal que entrevistava ao vivo o deputado Félix Marciano em frente ao Congresso. Não gostava da programação da emissora da Santa Igreja, mas mantinha o canal na *smartself* para quando fosse necessário.

Na imagem, o deputado fazia um pronunciamento público:

— Fui informado que tivemos uma vitória. A *root* Valentina Santteles, infame criminosa antifamília, foi condenada e será presa logo mais. Essa é uma conquista importante para a família brasileira...

Desligou a transmissão. Sabia que os apóstolos do Profeta eram vaidosos, mas não esperava que Félix Marciano fizesse aquele pronunciamento. O ego da Santa Igreja era mais frágil que porcelana vagabunda. Quando descobrissem que Nina saíra da delegacia andando pela porta da frente, com certeza aboliriam a sutileza.

>KALANGO
>Vão para a delegacia agora, Nina está em perigo.

>IZA
>Relaxa, fera. A Nina consegue dar conta dos cana.

>KALANGO
>Não é deles que estou com medo. Tenho quase certeza de que os Valentes de Salomão vão aparecer por lá.

Não houve resposta por um tempo, e então:

>TERA
>Estamos a caminho.

18.

Quando as algemas neurais foram desativadas, houve um tumulto de policiais sacando os bastões de consciência.

Nina removeu a tiara de metal e estendeu o objeto em direção aos policiais.

— Calminha aí. — Ela ergueu as mãos, avisando que não oferecia resistência. — Elas desativaram sozinhas.

Em meio a resmungos, um policial tentou reinstalá-las, sem sucesso.

— Deve estar com defeito, pega outra — ordenou uma voz masculina.

Tentaram três algemas diferentes antes de resolverem investigar o status da *root*.

Para Nina, a expressão abobada no rosto do policial foi tão satisfatória quanto a primeira vez em que fugira de um culto da Santa Igreja, ainda na adolescência.

— No sistema diz que ela é inocente — disse o homem.

Isso explicava por que as algemas não a prendiam; eram integradas ao sistema da polícia. Uma vez que o suspeito era inocentado em julgamento, as algemas só podiam ser reinstaladas se houvesse uma nova captura em flagrante.

Nina virou o pescoço para saborear o olhar boquiaberto de Lídia e devolveu as algemas a um dos presentes.

— Com licença, senhores. Tenho um compromisso urgente, mas antes vou precisar que anulem o *no-smart* do meu organismo.

A delegacia quase foi abaixo. O delegado fez um sinal para Lídia se aproximar. Nina não conseguiu ouvir o que conversavam.

Depois de quase dez minutos de correria dos técnicos, que investigavam alguma falha no sistema, o delegado não teve outra saída senão autorizar que anulassem os efeitos do *no-smart* em Nina.

A *root* foi levada a uma sala que parecia uma mistura de enfermaria com servidor de rede. Um técnico procurou uma pastilha roxa em formato oval.

Um homem engravatado entrou no recinto quando ele já estava com a pastilha nas mãos, prestes a entregar a Nina.

— Parem com isso imediatamente.

— Senhor? — O técnico estava confuso.

— Essa mulher foi condenada pelo juiz. Tenho as gravações da sessão aqui comigo. Ela não pode ser liberada.

— Eu cumpro ordens, senhor. Só o delegado pode autorizar...

— Represento o deputado Félix Marciano. É melhor você fazer o que eu digo, ou então as coisas podem ficar mais difíceis por aqui.

— O senhor não entendeu, hã, senhor...

O técnico gesticulou para o homem, como se quisesse saber com quem falava.

— Dário Mantolvani — apresentou-se o engravatado. — Advogado da Santa Igreja de Salomão.

— Muito bem, sr. Dário. Não estou me recusando a fazer o que diz, mas, se eu fizer, quem vai preso sou eu. É o meu chefe que você precisa convencer. — Ele apontou em direção ao escritório do delegado. — O que posso fazer é aguardar alguns minutos até vocês conversarem.

Dário Mantolvani saiu apressado da enfermaria tecnológica. Pelas paredes de vidro, Nina o observou caminhar em direção ao delegado, que retirou os óculos devagar ao ver o homem entrar na sala sem aviso. Não era possível ouvir nada, mas Dário gesticulava, contrariado. O pescoço dele estava vermelho. O delegado, por sua vez, seguia impassível. A única resposta que deu foi uma negação com um movimento da cabeça. Dário deixou a delegacia com uma expressão que fez Nina acreditar que o homem entraria em combustão espontânea a qualquer momento.

— Acho que devo continuar então — disse o técnico, que também assistia curioso à cena.

Nina engoliu a pastilha e aguardou alguns minutos em um dos bancos no corredor da delegacia. Aos poucos, as funções da *smartself* começaram a voltar ao normal.

— Você sabe que isso tudo foi muito estranho, né? — perguntou Lídia, sentando-se ao lado da *root*.

— Alguma coisa me diz que a pergunta que você quer fazer é outra, detetive.

Lídia olhou em volta e baixou a voz.

— Não quero falar disso aqui. Vou mandar uma mensagem para um chat privado. Espero que aceite.

Ainda desconfiada, Nina aceitou. Algumas das funções básicas já estavam funcionando.

NINA
Minha *smartself* vai estar funcionando perfeitamente em poucos minutos. Você tem esse tempo pra dizer o que quer.

LÍDIA
Sei que a Santa Igreja armou para vocês. Não vejo razão para você acreditar em mim, mas quero ajudar.

Nina balançou a cabeça e expeliu uma risada curta e provocativa.

NINA
Você fala como se quisesse ser uma de nós, mas age como eles. Se quer ser como a gente, faça como a gente.

Dava para ver nos olhos da detetive que aquela frase havia sido impactante demais, até mesmo para uma pessoa habituada a investigações.

NINA
Dá pra ser neutra em alguns casos, mas em outros é pura covardia.

A *root* se levantou.

— Minha *smartself* voltou ao normal. Hora de dar tchau, detetive.

— Cá entre nós, a gente não pode te manter aqui porque não podemos provar a fraude no nosso sistema, mas pode ter certeza de que o delegado vai ficar na sua cola. — Lídia tinha o olhar distante, parecia ainda tentar processar o significado do que Nina dissera antes. — Eu sei que o hacker ajudou você nisso, mas também sei que tem algo maior acontecendo. Você talvez não seja a maior criminosa nessa história…

— Belas palavras. Você devia escrever um livro de poesias.

Nina piscou para Lídia e a deixou sozinha no corredor.

Quando saiu da delegacia, reparou no grande número de notificações na interface. Havia recebido muitas mensagens dos amigos, mas, antes que pudesse ler todas, chegou um link para uma chamada com Kalango. Aceitou na hora.

— Já estou na rua.

— Ótimo. Seu plano deu certo. Conseguimos resgatar os que queriam deixar a Casa do Aprendiz. Eram poucos os que ainda não estavam sendo totalmente manipulados pelas *smartselfs* da Santa Igreja. Estão seguros no abrigo indicado pela Iza.

— O Paulo está com eles?

— Sim, ele está bem. Você fala com o garoto depois. Agora, temos problemas maiores. A Santa Igreja tá mandando os Valentes pra cima de você.

— Se a Santa Igreja tem uma força militar própria, por que contratar a polícia, hein?

— Os Valentes são uma força muito grande e chamam muita atenção. É um último recurso. Costuma dar muito trabalho aliviar o estrago de relações públicas que causam.

Nina passou a mão no rosto até o topo da cabeça, entre os dreads vermelhos.

— Eu sabia que iam ficar putos por serem enganados, mas não imaginei que fossem ficar tanto assim.

— Enganar a polícia talvez não tenha sido o pior. Tirar o pessoal do centro com certeza contou mais. Eles são discretos sobre tudo o que acontece ali, e se essa molecada começar a vazar as informações sigilosas sobre as atividades da igreja… o Profeta vai ter uma dor de cabeça inesquecível.

— Mas o truque da isca humana é velho demais, porra. Cadê o senso de humor da Santa Igreja?

Nina correu pelas ruas do centro, desviando dos carros abandonados.

— É melhor levar essa briga pra um lugar com obstáculos.

— Não vai adiantar, Nina. Você não tem noção de como esses caras são bem equipados.

— O que você sugere então?

— Mandei o Tera e a Iza encontrarem você. Assim que a sua *smartself* voltou a funcionar, comecei a compartilhar sua localização com eles. Você também vai ver o local dos dois no mapa.

Por trás das longas torres verticais que ascendiam, imponentes, em direção ao céu, Nina avistou um veículo voador se aproximar. Eram muitas as empresas e escritórios que ocupavam os altos prédios do centro, sempre abarrotados de outdoors e propagandas. Em meio às luzes que pareciam ganhar força naquele começo de noite, o tanque voador se destacava, um veículo verde-escuro com o símbolo da Santa Igreja nas laterais.

O canhão de plasma estava apontado em direção a Nina.

— Valentina Santteles, esse é seu único aviso — disse a voz grave em uma caixa de som no tanque. — Renda-se ou enfrente a fúria de Deus.

— O que você sabe sobre esses caras? — perguntou Nina a Kalango pelo chat de voz.

— Você não tem chance contra esse tanque. Precisa atrair os soldados pra fora.

— Dá pra hackear?

— Difícil. Não estamos falando do sistema porco da polícia. Isso aqui é criptografia avançada, com verificação de segurança em cinco, seis passos. Seria mais fácil instalar um transmissor de rede lá dentro pra eu poder acessar a máquina...

— Tera? Iza? Na escuta? — chamou Nina.

— Aqui — responderam os dois.

— Sei o que você está pensando. — A voz de Kalango soava trêmula. — É muito arriscado.

O veículo se aproximava de Nina. A altitude fora reduzida a ponto de começar a esmagar alguns carros perto da *root*.

— Iza, invade o veículo e instala o transmissor que o Kalango pediu.

— Deixa comigo.

— Ainda acho arriscado — insistiu Kalango —, mas, se a Iza conseguir, é importante que coloque o dispositivo num local que os caras demorem pra encontrar. Procure portas USX embaixo do painel, vai ser o último lugar em que eles vão olhar quando perderem o controle do tanque. Aí você tem que ligar o transmissor pra eu configurar via rede.

Iza concordou.

Tera tinha outra preocupação.

— Aceita isso, você vai precisar.

Nina viu a notificação e a aceitou; a conexão neural entre os dois estava feita.

— Vou adicionar uma camada de resistência de impacto em você — disse o colega. — Tenta não morrer hoje.

A pele de Nina ficou mais rígida.

Na frente do tanque, duas portas se abriram, dando passagem a um par de robôs humanoides com quase dois metros de altura e uma dupla de homens vestindo armaduras que misturavam peças de Kevlar com pedaços de titânio, uma combinação perfeita que garantia liberdade de movimentos e resistência. Nina sempre quisera comprar uma daquelas, mas eram quase tão caras quanto um *modpack*, e a manutenção também não era nada barata. Não havia trabalho que justificasse o investimento.

Os dois androides varreram o perímetro com os olhos vermelhos. Das costas deles, saíam duas metralhadoras giratórias multimunição de um modelo que Nina desconhecia. Ela nem arriscou deduzir que tipos de disparos aquelas coisas eram capazes de fazer.

Os soldados carregavam escopetas sônicas. Uma das discussões em andamento no senado era justamente proibir ou não o uso daquele tipo de arma, cujos disparos podiam causar danos cerebrais ao alvo. Um dos homens deixou a arma pender na lateral, amparada pela boleadeira, enquanto tirava uma seringa de *no-smart* de um dos compartimentos de Kevlar.

Quando viu Iza adentrar o tanque por uma das portas abertas, Nina soube que era hora de dar um salto.

O contador na interface saltou de 0 a 20% em uma fração de segundo. Nina estava no ar. Mal deixou o chão e seus tímpanos foram invadidos pelo barulho repetitivo e perfurante das metralhadoras dos androides.

Ela entrou em modo de concentração, diminuindo o volume externo e permitindo a interação com os sons da *smartself*.

Quando os tiros dispararam, a visão dela ficou avermelhada. O escudo de proteção foi ativado, poupando-a do impacto, depois se dissipou. A segunda rajada acertou Nina sem o escudo. Apesar da proteção que Tera havia disponibilizado, a dor só podia ser comparada à de um prego entrando debaixo da unha — só que no corpo todo. As balas perfuraram o sobretudo preto, transformando-o numa peneira. Enquanto ainda subia, Nina viu o sangue espirrar ao redor. Estava viva e o sistema ainda funcionava, mas se deu conta de que a proteção não era perfeita. Pelo menos não contra aqueles androides.

As poucas feridas abertas se fecharam.

— Isso tá consumindo muito processamento — avisou Tera. — Espero que você tenha um bom plano, Nina.

Ela pousou diante dos dois homens. Com um disparo sônico, um deles a arremessou até o final da quadra. A trajetória só foi concluída quando o corpo de Nina foi aparado pela lateral de um carro abandonado, o processamento em 40%. Um zumbido agudo dominou seus ouvidos. O sistema de navegação e localização da *smartself* estava confuso, e ela sentia uma tontura semelhante à das noites de bebedeira em que Iza a convencia a extravasar.

Kalango avisou que Iza ainda não havia conseguido instalar o dispositivo, mas Nina não quis saber. Odiava a porcaria da arma sônica. O *modpack* a pouparia de danos cerebrais, mas alguém teria que pagar pela longa semana de enxaqueca que a aguardava.

Correu pelo asfalto, elevando o processamento para 51%.

Nina agarrou um sedã abandonado e usou todo o corpo para arremessar o chassi sobre os dois homens. Foi quando ouviu um disparo de canhão.

— Não sabia que ela podia fazer isso — disse Tera.

— Estou tão surpreso quanto vocês — respondeu Kalango.

O disparo do plasma arroxeado explodiu no peito de Nina. Tera prendeu a respiração. Sabia que o *modpack* aumentava a resistência, além do sistema de proteção e restauração orgânica proporcionado pela conexão neural entre os dois, mas aquele disparo o fez duvidar de todos os recursos da equipe.

A rajada de plasma era contínua, uma larga faixa luminosa que saía do canhão do tanque. Não era possível ver Nina, e ela não respondia às chamadas de Tera, obrigando-o a se concentrar no restante do plano.

— Iza, como tá aí?

— Tô dentro. — A voz da *root* era ofegante e espaçada, como se reagisse a impactos. — Derrubando uns palhaços aqui. Não aponta essa merda pra mim, seu lixo!

Um barulho seco e metálico interrompeu a comunicação entre os dois. Em geral, a *smartself* só captava a voz do usuário ou algum outro som que ele decidisse enviar no chat. A única explicação plausível era que Iza tivesse sofrido algum impacto forte na cabeça durante a conversa.

— Tá tudo bem aí?

— Tudo ótimo. E a família, vai bem?

— Izabel!

— Relaxa, eu tô chegando no painel de controle. Onde foi mesmo que o salvador disse pra eu pôr o dispositivo?

— Debaixo do painel deve ter uma porta. — A voz de Kalango interrompeu a conversa dos dois. — Você pode...

A transmissão foi cortada. Alguma interferência destacou os pixels nos cantos da interface de Tera. O sistema de áudio falhou, como se Kalango estivesse gaguejando. O *root* olhou em volta — seu esconderijo não era mais seguro. Estava deitado embaixo de uma antiga van abandonada e avistou os dois androides percorrendo o perímetro.

Um deles ergueu a van, e Tera rolou para o lado para desviar de uma saraivada de tiros. Sabia que batalhoides tinham um poder de fogo muito superior ao dele. Um confronto direto seria um desperdício. Procurou no bolso interno da jaqueta e sacou uma das pistolas, abastecendo-a com um projétil de reconfiguração remota. Um disparo único acertou a perna de um dos androides, que ficou imóvel e com os olhos apagados por alguns segundos. Estava reiniciando o sistema. Por se tratar de um equipamento avançado de combate, certamente aprenderia os efeitos do projétil, tornando-se imune a um segundo disparo.

Para Tera, porém, bastava um tiro. Ele engatinhou para longe dos adversários mecânicos. Um deles, o que ainda estava funcional, disparou contra o *root*, elevando o processamento de Tera aos 60%. As costas dele ardiam como se tivesse se deitado no fogo, mas o *modpack* aumentou a proteção externa, permitindo que se levantasse. O casaco estava estraçalhado pelas balas. Tera foi obrigado a ficar apenas com a camiseta verde-musgo com as palavras RATOS DE PORÃO estampadas na frente.

Em vez de fugir, correu em direção aos androides e saltou sobre as costas do que estava reiniciando. Enfiou uma faca na nuca de ferro, abrindo a tampa de metal parafusada. Precisou de força, mas as horas de treino garantiram que conseguisse romper o lacre de segurança do robô. O androide acordado insistia nos disparos, ignorando que Tera usava a carcaça adormecida do outro como escudo.

Tera precisou adivinhar o que os fios revestidos por uma camada de titânio faziam. Aquilo era tecnologia avançada, raramente encontrada no Brasil. Ele já tinha visto de tudo nos depósitos na São Francisco, mas aquele emaranhado de fios em miniatura era novidade. Tentou cortá-los, por desencargo de consciência, mas sabia que a lâmina não seria afiada a ponto de romper o revestimento metálico. Abandonando o plano original, afastou os fios com as mãos e conseguiu embrenhar o indicador ali no meio, tocando a placa de circuitos escondida mais ao fundo.

O androide começou a vibrar até assumir a posição de sentido. Era o aviso de que retomaria as funções em breve. O segundo androide contornou o escudo improvisado a que Tera se agarrava. O *root* também o contornou, ficando agarrado à parte frontal do androide, então alcançou um spray explosivo e descarregou o conteúdo sobre os fios de titânio em toda brecha que encontrou. Por garantia, resolveu despejar todo o conteúdo da lata. O androide acordou e tentou arrancar o grandalhão trepado em seu peito, mas Tera agarrou firme com uma das mãos até conseguir esvaziar o conteúdo da latinha na nuca do robô.

Por fim, foi arremessado a quase vinte metros de distância e bateu com as costas no chão em um impacto que o fez gemer. Os androides apontaram as metralhadoras para ele, que rolou o corpo, mudando o ângulo da mira dos adversários. Enquanto um robô girava no próprio eixo para continuar disparando, Tera se posicionou de modo a ter mais uma vez o androide reiniciado como obstáculo. Os disparos acenderam o spray.

A explosão cresceu na forma de um cogumelo avermelhado por quase cinco metros de altura. Aos poucos, a *smartself* de Tera voltou a funcionar, e ele logo ouviu os gritos agudos de Iza pelo chat.

— Cê tá bem, meu lindo?

— Vou viver mais um dia.

— Aguenta firme, completei minha parte. O Jesus doidão vai guiar o tanque agora.

A fumaça começou a se dissipar. Apesar de parte dos androides ter sido afetada pela explosão, as máquinas ainda estavam funcionais. Precisaria de alguma coisa mais potente para neutralizá-los.

Então uma rajada de plasma acertou os batalhoides. Quando o disparo cessou, ambos estavam caídos no chão com algumas peças faltando.

Tera se lembrou de Nina e, mesmo mancando e sentindo uma das pernas doer com os tiros que havia tomado, caminhou para o lugar onde a vira pela última vez.

Lá estava ela: de pé com os braços cruzados diante do rosto. Uma leve fumaça subia dos membros superiores. O tanque manteve o disparo de plasma contra ela até o Kalango finalmente alterar o alvo para os androides.

A *root* abaixou os braços, revelando os olhos arregalados e as sobrancelhas em fúria.

Tera ainda conseguiu trocar um olhar com a amiga. Sem dizer uma palavra, soube que ela estava tão confusa e assustada quanto ele.

Então Nina desmaiou.

19.

Nina abriu os olhos. Estava deitada. O corpo ardia como se tivesse sofrido uma queimadura. Os braços estavam envoltos em bandagens. No mesmo quarto estavam Tera e Iza, que dormiam meio desajeitados em cadeiras ao lado da cama, também com alguns curativos. Mas o que chamou a atenção da *root* foi o rosto do filho, que a encarava de cima com olhos incertos.

— Mãe? Você tá bem?

— Melhor agora. — Era um alívio ver Paulo seguro. — Onde estamos?

— É um abrigo de orgânicos — falou a voz grave de Tera, meio rouca devido ao sono. — Eles recolhem crianças abandonadas e em situação de risco.

— Foi aqui que a gente veio buscar a Iza?

A amiga estava com o pescoço encolhido, também com a aparência amassada de quem acabava de acordar, e assentiu.

— O que você tava fazendo aqui, Iza?

Um homem barbado de meia-idade entrou na sala com a ajuda de uma bengala.

— Ela é uma doadora — disse ele. — A Iza nos ajuda a manter o abrigo de portas abertas.

— Não olha pra mim — disse Tera. — Eu não fazia ideia.

— Você nunca me disse nada… — Nina se virou para Iza. — Não que eu ache ruim, mas por que faz isso?

— Quando você perde os pais, é quase certo que acabe em instituições parecidas com a Casa do Aprendiz. É isso ou coisa pior. Eu fui recolhida por esse abrigo aqui, e o tio Bira — Iza apontou para o homem de bengala — não me julgou quando fui trabalhar no submundo.

— As crianças já têm uma vida difícil por aqui — explicou Bira. — Se a gente ficar julgando demais as decisões delas, vai ser ainda pior. Tive que aprender muito cedo a ter a mente mais aberta. A maioria das crianças tem *smartself*. Para a própria segurança delas, a gente faz *root* e, quando atingem a maioridade, podem decidir ficar assim ou neutralizar as *smartselfs* e viver como orgânicos. A comunidade orgânica costuma reprovar o que fazemos aqui, acha que seria melhor neutralizar todas as *smartselfs* na idade certa, mas eu me sinto mais à vontade deixando cada um escolher o próprio caminho.

— Quantos anos as crianças têm? — perguntou Tera.

— A maioria, entre seis e nove. Temos algumas mais velhas, agora que vocês nos trouxeram uma nova leva.

— Seis anos? — repetiu Nina, baixinho, sem conseguir conter a surpresa. — Eu tinha dezessete quando fiz o *root* e ainda acho que foi cedo demais…

— Eu tinha vinte e um — concordou Tera.

Paulo cruzou os braços e afastou-se de Nina, escorando o ombro em uma das paredes.

— Vamos deixar os dois conversarem um pouco — disse Bira.

O homem gesticulou para a porta, conduzindo todos para fora. Tera esperou que Nina assentisse antes de deixá-la a sós com Paulo.

— Você mentiu pra mim — começou o filho.

— Muitas vezes, e espero ter a chance de pedir desculpas por todas nos próximos anos.

Paulo ficou boquiaberto, calando-se diante da resposta da mãe.

— Mas dessa vez não era mentira — continuou Nina. — Eu fui enganada. A polícia me fez uma promessa.

O garoto ficou em silêncio, como se quisesse apenas uma explicação como aquela, mas logo voltou a falar:

— Foi muito ruim crescer sem você. Sempre que me visitava, eu ficava chateado por dias, e a despedida era sempre ruim… Teve uma vez que você apareceu lá doidona. Pra sua sorte, meu vô tava de cama e não fez nada. Minha vó tentou te dar comida, lembra? Você ficou possessa. Jogou a marmita no chão e gritou. Eu tinha o quê? Oito anos? Foi a primeira vez que chorei sem fazer barulho.

Os olhos de Nina começaram a arder com as lágrimas que surgiam. Ela ensaiou um pedido de desculpas.

— Agora já era — disse Paulo.

Os dois se encararam. Estavam a menos de dois metros de distância, mas Nina sentiu como se estivessem em continentes diferentes.

— Se você não puder ficar, acho que prefiro que a gente não se veja mais — concluiu Paulo.

Nas notificações, Nina viu uma mensagem:

>KALANGO
>Seu filho está a salvo.
>Temos uma missão a cumprir.

>NINA
>Você me garante a viagem pra colônia?

>KALANGO
>Pode levar um tempo pra conseguir burlar o sistema, mas você tem minha palavra.

— Filho, tem uma coisa que eu preciso fazer. É um trabalho difícil que não sei quanto tempo vai levar, mas eu garanto que, se der certo, vai ser o último. Ainda tem uma chance de eu conseguir te levar pra colônia.

Paulo deu de ombros, deixando claro que não se importava mais com as promessas de Nina.

— Você foi no velório da sua vó?

Ele fez que sim.

Os dois se abraçaram. Nina finalmente chorou pela morte da mãe, e o garoto se encolheu no ombro dela. Ela chorou mais ainda.

— Era pra você estar morta — disse Kalango, no chat de voz.

Nina estava sozinha no quarto. Depois da conversa com Paulo, ninguém mais ousara entrar, provavelmente por causa da recuperação — e do horário. Ainda assim, Kalango ignorou a madrugada e iniciou uma conversa.

— Seu *modpack* não foi projetado pra suportar um impacto como o daquele canhão de plasma.

— Se você não sabe o que aconteceu, é perda de tempo perguntar pra mim — respondeu Nina, e bocejou.

— Quero fazer um diagnóstico.

— E por que você tá falando comigo em vez de me deixar dormir? Até onde eu sei, o diagnóstico não pede que eu esteja acordada.

— Combinamos que eu ia respeitar sua privacidade, lembra?

Nas notificações, Nina viu o pedido do Kalango para acessar o código do *modpack*. Ela autorizou.

— As coisas vão ficar mais difíceis ainda. A Santa Igreja tem um ego muito frágil. Vão cobrar caro pela surra que vocês deram nos Valentes.

— Tecnicamente, a gente apanhou. Eu desmaiei, o Tera quase morreu... e foi por pouco que a Iza conseguiu te ajudar a controlar o tanque.

— Sabe quando uma seleção grande e famosa enfrenta outra menor e desconhecida na Copa? O público espera goleada. Quando dá empate, as seleções pequenas comemoram e as grandes lamentam. Pra eles, foi uma derrota.

Outra notificação. Dessa vez, o próprio sistema operacional informava que o código do *modpack* estava sendo copiado.

— Você não escreveu esse negócio? — perguntou Nina.

— Por que não acessa da sua máquina?

— *Modpacks* têm similaridades com *smartselfs* no funcionamento. Na hora de instalar o código é uma coisa, mas depois de um tempo de uso ele começa a se integrar à rede neural do usuário, chegando a se mesclar com o DNA. Seu *modpack* já está bem diferente do que eu programei. Aliás, espero que isso explique a razão de você ter resistido.

Nina foi acordada pelos raios da manhã que se embrenhavam pela janela protegida com grade. Apesar da neblina e da camada de poluição que cobria o céu, aquela região parecia ser mais iluminada que o centro.

Comeu alguma coisa que Bira ofereceu e logo se juntou aos amigos em uma sala onde puderam conversar com Kalango.

— Achei que a gente ia ter mais tempo pra agir, mas isso aqui aconteceu de madrugada.

O hacker enviou um link para um portal de notícias já com o *paywall* violado. Anunciava a compra das três principais fabricantes de *smartselfs* pela Santa Igreja.

— O que significa? — perguntou Tera, que parecia tentar analisar o que estava por trás da notícia.

— Eles podem implementar o novo *patch* a qualquer momento nos fiéis.

— Tem alguma chance de obrigarem as outras pessoas a se converterem? — perguntou Nina.

— Mais ou menos. Não podem fazer de um jeito tão escancarado, seria um escândalo internacional muito grande. Mesmo que a Santa Igreja seja especialista em manipular as leis, algo dessa grandeza dificultaria a entrada em outros países. O que acho que vai acontecer é a limitação de algumas funções da *smartself* para quem não for seguidor.

Nina balançou a cabeça, já sem enxergar uma solução.

— Vai ter um aumento de seguidores nos próximos dias.

— Por que a gente deveria se importar? — Iza praticava truques com uma víbora de aço. — Vamos explodir a igreja e sumir daqui.

— Não tô fazendo isso só pra me vingar da igreja — disse Kalango. — Acredito no software livre. Se as pessoas querem acreditar nesses mentirosos, isso é problema delas, mas o que eu quero é que todo mundo tenha a chance real de escolher, sem limitações tecnológicas ou sociais.

Kalango jogou mais um link na conversa, dessa vez falando sobre uma especulação do mercado imobiliário.

— Então a Santa Igreja tá querendo comprar uma propriedade nova — resumiu Nina. — E daí?

— Você viu qual é a empresa que está cuidando disso?

A notícia não revelava nome nenhum.

— Meu palpite é que vão comprar uma empresa imobiliária pequena e fazer tudo na surdina. Se quisessem um novo terreno para uma nova igreja, não teria por que acontecer assim — explicou o hacker.

Tera era o único que analisava os links minuciosamente. Dedicava alguns minutos a ler tudo com atenção e fazia algumas pesquisas complementares.

— O que você acha que isso significa, Tera?

— É algo maior do que a gente imagina. Comprar três fabricantes de *smartselfs* no mesmo dia e ainda esconder o jogo na hora de adquirir uma nova propriedade é muito estranho. A Santa Igreja não é de fazer negócios assim no escuro, eles sentem orgulho de expor sua grandeza para o mundo. Tem alguma coisa muito errada nisso tudo.

Então Kalango explicou o plano: queria invadir o servidor da Santa Igreja e alterar os arquivos do próximo *patch*.

— Mas isso foi o que eu pensei em fazer antes de eles comprarem os fabricantes. Agora, acho que meu plano ficou obsoleto. Já devem estar com os *patches* prontos. Não duvido que já estejam fazendo a atualização. Pra impedir, a gente teria que fazer alguma coisa bem ousada pra chamar a atenção da Igreja.

Iza pareceu se transformar em uma estátua. Aos poucos, seus olhos se arregalaram e um sorriso se formou em seu rosto. Nina sabia que vinha alguma ideia suicida pela frente.

— Pode esquecer.

— Mas eu nem falei nada! — protestou Iza.

— Não preciso ouvir pra saber que é uma ideia ruim.

— Fala sério, Nina. Essa é das boas, você vai gostar.

— Cala a boca, Iza.

— Não, eu tô falando sério. Você vai adorar. E se a gente...

— Izabel!

— Não faz essa cara. Me escuta, pelo menos.

— Já te escutei uma vez, lembra? Tera quase perdeu uma perna por causa de um plano seu.

— Mas esse é bom!

— Esquece.

— E se a gente...?

— Não.

— Mas nem se eu...?

— Negativo.

Iza fechou os punhos e deu repetidos socos nas laterais da cadeira.

— Nina, deixa eu falar.

— Só se eu estivesse ficando louca. Tem uma razão pra eu bolar os planos com o Tera agora. Você tem outros talentos, mas, na hora de dar ideias, não costuma pensar muito na segurança.

— Foda-se. Eu quero sequestrar o Félix Marciano.

Todos ficaram em silêncio. A ideia era ousada, mas o que fez Nina sentir medo de verdade foi o olhar de empolgação no rosto de Iza. A amiga estava confiante de que aquela insanidade era a melhor solução.

— De todas as ideias suicidas que você já teve…

— Fala sério, por que não? A gente sequestra o apóstolo e ameaça matar o desgraçado se eles lançarem o novo *patch*. Isso ganha tempo pro Kalango investigar as *smartselfs* do pessoal do abrigo pra procurar uma forma de quebrar a manipulação química.

Nina e Tera trocaram um olhar de desespero. Sem dizer uma palavra, os dois discutiram de quem seria a vez de enfiar juízo na cabeça de Iza. O problema começou de verdade quando Kalango manifestou seu apoio.

— Pode funcionar.

— Tá vendo, porra? Até o Jesus revoltado concorda comigo. Vocês deviam ouvir a palavra do Senhor! — brincou Iza, e a gargalhada que se seguiu fez Nina enfiar o rosto nas mãos.

— A gente vai morrer. Certeza.

— Mas fazer isso só pra ganhar tempo é arriscado — explicou Kalango. — Eles vão reforçar a segurança digital. Talvez até criem um servidor falso pra enganar a gente. É o que eu faria. O sequestro pode ser bom, mas só se servir de fachada pra outra coisa…

Tera franziu a testa. Nina conhecia aquele olhar de quem havia percebido alguma coisa.

— O que foi? O que eu perdi?

— Sabe por que o Kalango não sai invadindo qualquer *smartself* por aí? Porque é um trabalho complexo, exige muito tempo. Pessoas do alto escalão de qualquer corporação têm um sistema de neurossegurança bastante avançado.

Foi aí que Nina entendeu o plano, sentindo até um calafrio com a epifania.

— Se for presencial, a invasão é mais fácil.

Durante sete dias, planejaram com bastante cuidado cada etapa do plano. Tera conseguiu um galpão isolado na Cidade Industrial, bairro abandonado de Curitiba. O local tinha tanta poluição que era necessário usar máscaras de gás para transitar, e a atmosfera densa e tóxica dificultava o funcionamento de qualquer aparato tecnológico.

Seria um desafio para Kalango conseguir trabalhar ali, mas ao menos não seriam rastreados.

Iza e Nina ficaram responsáveis por investigar a vida pública de Félix Marciano e descobrir onde ele estaria nos próximos dias.

20.

— Você sabe que a gente precisa conversar, né?

Nina se aproximou de Kalango, ainda concentrado na mesa multitarefas. Sem erguer os olhos, ele perguntou:

— Como é que você entrou aqui sem eu saber?

— Mandei várias mensagens, mas, como não tive resposta, deduzi que você tava ocupado. Resolvi entrar pelo portão mesmo. Você me cadastrou no sistema, lembra? Olha, a gente ficou sete dias trabalhando nesse plano. Tem uma chance grande de dar errado, principalmente porque, vamos ser honestos, foi ideia da Iza. Por isso achei que essa era uma noite legal pra trazer meu filho pra conhecer o galpão secreto do hacker mais procurado pela Santa Igreja.

Kalango levantou a cabeça e viu Paulo, que se aproximou.

— Então você é o Jesus.

O hacker sorriu.

— Na verdade, sou só um cara parecido.

O garoto se distraiu com as peças e dispositivos eletrônicos amontoados em uma das mesas. Com um olhar, Kalango perguntou a Nina o motivo da presença do filho.

— Tô tentando incluir mais o piá nas minhas coisas.

Era um longo caminho entre o abrigo dos orgânicos e o galpão que servia de esconderijo para o hacker. Apesar de um biarticulado parar ali perto, às vezes Nina gostava de andar a pé para fugir das propagandas.

— E então, por que ainda estou viva? — perguntou a *root*, que escolheu uma cadeira, o que indicava que não tinha pressa de ir embora.

— Dei uma olhada no código, e parece que ele não se modificou só por causa do seu DNA. Puxei o histórico de combate; você ficou bastante irritada com o disparo sônico. Normalmente, você se mantém mais fria em momentos assim, mas aquilo te tirou do sério.

Paulo derrubou algo no chão. Kalango não pareceu se importar.

— O que isso significa?

— Tem um negócio chamado efeito placebo. Parece que o organismo pode sofrer algumas alterações de acordo com as emoções, as crenças e o estado de espírito das pessoas. No seu caso, como está usando um *modpack* que também aumenta a resistência física, isso pode resultar num aumento de desempenho.

— *Pode?*

— É o melhor palpite que tenho agora. O fato é que não era pra você ter aguentado, e, um pouco antes do disparo, eu percebi algumas novas linhas de código em você. A única leitura que eu consigo fazer aqui é que você se salvou por causa da sua raiva. Não pela raiva em si, mas porque ela te motivou a aguentar o impacto. Deve ter sido uma descarga de otimismo ou alguma coisa assim.

— Quer dizer que eu posso usar as emoções pra ampliar a capacidade do *modpack*?

— É só um palpite, Nina. Não confie demais em coisas que não podem ser testadas. É muito bom que você tenha se salvado, mas não posso garantir que algo assim vá acontecer de novo. Está fora do meu controle e da minha previsão.

O hacker também respondeu a algumas perguntas de Paulo, que se mostrou mais curioso do que de costume. Nina ficara muito tempo longe do filho, tinha muito para aprender sobre ele.

Aproveitando o raro bom humor do menino, levou-o para conhecer o resto do esconderijo.

— Algumas das tralhas que a gente usa, o Tera foi comprando por aí — explicou ela, mostrando uma sala abarrotada de objetos que poderiam ser confundidos com lixo eletrônico pelos menos atentos. — O resto ele pegou aqui mesmo.

Fascinado, Paulo se sentou e começou a juntar alguns objetos. Em pouco menos de uma hora, transformou circuitos, fios e outras peças em uma lanterna com múltiplas cores que piscavam em vários padrões programáveis.

— Aprendeu isso na escola?

— Aquele lugar não presta. Aprendi sozinho, pesquisando na Sewer.

— Sua vó deixava você acessar a Sewer?

— Ela tentava proibir no começo, mas acho que chegou num ponto que ela sabia que era perda de tempo brigar por isso. No fim das contas, eu fazia só o que queria. Assim como você.

As palavras do garoto não pareciam ser ácidas de propósito. Ele até tentou disfarçar o tom de admiração na voz. Ainda assim, Nina ficou desconfortável.

— Não faço só o que eu quero.

— Não era o que o vô dizia.

Nina balançou a cabeça em reprovação, mas poupou o filho de um discurso que sabia que ele não merecia.

— Seu vô e eu tínhamos muitos problemas. A gente via o mundo de jeitos diferentes. Eu fiz muita merda, é verdade, mas nunca motivada só pelo que eu queria. São muitas questões. Algumas pessoas não se sentem à vontade nesse mundo. Já imaginou olhar pra todos os lados e se sentir como um intruso?

Paulo não respondeu. Não precisava. Nina viu nos olhos do filho que ele entendia completamente o significado daquelas palavras. Sentiu o peito inflar de preocupação, como se fosse explodir a qualquer momento. Se sobrevivessem ao que aconteceria na manhã seguinte, ela teria um novo desafio: ensinar Paulo a sobreviver em um mundo cínico e manipulado. De todos os medos que já tivera na vida, aquele era o pior. O medo de ser insuficiente. Não para o mundo, que já se dedicava a convencê-la de que não servia para nada, mas para ele, seu filho. Pela primeira vez, Nina pensou que suas boas intenções ao tentar consertar os erros do passado não seriam o bastante para dar ao menino o que ele precisava. Paulo precisava do mesmo que ela nunca tivera: alguém para ensiná-lo a sobreviver sem sentir que era só mais uma estatística.

Era difícil encontrar o equilíbrio entre os princípios pessoais e as decisões práticas do dia a dia. Nina tentara achar a resposta por muito tempo antes de desistir. Naquele momento, via que a resposta que buscara por tanto tempo não era para ela, mas para ele; tal reflexão foi responsável por assassinar o sono daquela noite. Como sempre, quando a manhã chegou, havia um trabalho a ser feito e nenhuma resposta pronta.

O trio passou o dia pondo o plano em prática. Tudo estava organizado e pronto para a execução. O trabalho de Iza consistia em observar a fachada da Santa Igreja de Salomão, aguardando a chegada de Félix Marciano. Acreditava que o homem estaria escoltado pelos Valentes, e era só isso que prendia o interesse dela. Para ela, passar horas parada esperando era como tentar ouvir os próprios cabelos crescerem.

Já era noite quando o carro voador pousou no estacionamento superior da igreja. Usando as lentes de contato que havia ganhado de Tera, Iza deu um zoom e informou aos colegas pelo chat de voz:

— Ele chegou.

— Como está a situação por aí? — perguntou Tera.

— Tem quatro homens armados escoltando o desgraçado.

— Algum tanque por perto?

— Não, mas acho que tem um drone de vigilância nos arredores.

— Quer dizer que o reforço vai chegar a qualquer momento se eles perceberem a gente. — Nina suspirou. — Espera mais um pouco.

— Ah, não, deixa eu fazer alguma coisa. Aposto que consigo desativar esse drone.

— Iza. — A voz de Nina soou séria, como se fizesse um grande esforço para controlar o temperamento. — Você vai ficar onde está.

— Para com isso, Nina. Você sabe que eu consigo.

— Quando for a hora, eu aviso. Primeiro, o Tera vai ter que terminar de mapear o prédio. Você sabe que isso leva um tempo.

Iza se encolheu nas sombras do topo de um dos prédios ao redor da igreja e apoiou a bochecha em uma das mãos.

— Tô que nem cachorro proibido de latir!

Iza não disse mais nada, mas tomou a decisão. Esperaria só mais um pouco, e nem ela sabia quanto.

— Eu te disse, porra!

Lídia entrou no escritório de Eric sem ser convidada. O delegado a encarou com o olhar cínico, sem demonstrar reação.

— Eu te disse que tinha alguma coisa errada. Eu investiguei. A Santa Igreja tá tramando alguma coisa.

— Lídia, vamos com calma. Eu já falei que a sua teoria é inviável…

— Você sempre fala isso. Lembra quando eu fiz o pedido de investigação dos suspeitos inocentados que desapareciam?

— Esquece isso…

— Tô cansada de você ficar fingindo que não vê nada!

A porta do escritório estava aberta. Um policial surgiu, assustado com a gritaria de Lídia. Antes que pudesse dizer qualquer coisa, Eric o acalmou.

— Está tudo bem. Feche a porta, por favor.

O homem obedeceu e os deixou a sós. Através da janela de vidro, era possível ver boa parte da delegacia assistindo à cena.

— Mais uma razão pra eles me encherem o saco. Olha só, me responde uma coisa, pelo menos. E vê se fala a verdade. Quando você me prometeu uma reunião com a Secretaria de Segurança, era verdade? Você ia mesmo me arrumar isso? Ou tava só ganhando tempo?

Eric não respondeu.

— Eu sabia — disse ela.

— Calma, Lídia. Eu sei que você tá irritada, mas, se não quer se acalmar por mim, faz isso pelo seu pai.

— Não fala dele, você não sabe merda nenhuma sobre o meu pai!

Lídia não quis mais ouvir o que Eric tinha a dizer. Deixou o escritório e a delegacia.

21.

A porra da Iza tinha destruído o plano de novo. Não restava alternativa: se recuassem, a Santa Igreja reforçaria a segurança — e o grupo ainda corria o risco de ser derrotado na tentativa de fuga. Era melhor apostar tudo de uma vez.

Nina correu pela cobertura de um dos prédios, o que aumentou o processamento para 15%. Um salto adicionou mais 10% e, quando pousou no estacionamento superior da Santa Igreja, o indicador já mostrava 25%. O drone de vigilância estava abatido, mas ela sabia que havia outros meios de comunicação e não demoraria para que o lugar fosse dominado pelos Valentes.

Dois homens no telhado reagiram apontando as armas. Não houve aviso, apenas um disparo. Prevendo o ataque sônico, Nina deu um salto para trás. Estava com protetores de ouvido daquela vez, pequenas espumas sintéticas desenvolvidas para reduzir os efeitos daquele tipo de ataque. Quando bateu os pés no chão, flexionou os joelhos e fez o solo trincar. Um salto para a frente terminou em uma joelhada, acertando em cheio o peito de um dos guardas, que foi arremessado para fora do prédio. O Valente restante devia ter entendido que os disparos sônicos não funcionariam contra ela, então trocou o projétil para um disparo epilético.

Nina não conseguia esquecer a primeira vez que tinha tomado um tiro daqueles. Ficara uma tarde inteira tendo convulsões e perdendo a cognição espacial, parecendo Iza depois de uma noite de bebedeira.

Os tampões no ouvido não fariam diferença naquele caso. A primeira rajada foi recebida pelo *modpack*, que elevou o processamento para 55%, já com os números alaranjados.

Nina rolou para o lado, evitando mais tiros, que vinham espaçados e bem mais lentos que os de uma metralhadora, um barulho grave e seco.

— Vou te mandar o mapa parcial — disse Tera.

— Manda pra Iza também.

Na interface de Nina surgiu o modelo 3D do telhado e de toda a estrutura do prédio onde estava.

O plano era desmaiar aquele homem e correr para o elevador. Com certeza Félix já havia sido avisado do ataque. Se não agissem rápido, perderiam a única chance de tornar aquela insanidade viável.

Nina deu mais um salto. Daquela vez, a intenção não era fugir dos disparos nem confundir o adversário — foi um salto pequeno, de apenas dois metros de altura. Aproveitou o impulso para usar o peso e direcionar um soco no Valente, que caiu meio desajeitado. Nina prendeu o pescoço de um deles entre as pernas. Não precisou aumentar muito a força através do *modpack*. Em poucos segundos, o homem já havia largado a arma e dava tapas na perna de Nina, rendendo-se. Ela manteve a imobilização até desacordar o sujeito. Quando atingiu o objetivo, usou as algemas neurais que o homem carregava consigo para prendê-lo e encontrou nos bolsos dele uma pequena pistola-seringa com três cargas de *no-smart*. Usou uma no pescoço do alvo recém-neutralizado e guardou as outras.

Sem tempo a perder, correu até a porta dupla, forçou a abertura com as mãos e saltou no fosso, caindo agachada sobre o elevador que descia. O lugar tinha um ar úmido e frio e um cheiro de ferro e graxa.

Um soco certeiro abriu um buraco no metal. A mão de Nina ficou dolorida, mas não tinha tempo para pensar naquilo. Dentro da cabine estava Félix Marciano, com os olhos parecendo a ponto de saltar do rosto. Os dois Valentes que o acompanhavam iniciaram os disparos sônicos contra Nina.

Apesar dos tampões, a proximidade a deixou um pouco tonta.

— Parem com isso! — berrou o apóstolo. — Vocês vão destruir o elevador!

Félix deu um tapa no botão de emergência, provocando uma parada brusca. Nina se desequilibrou e caiu de lado sobre a cabine. Quando recuperou a posição, viu os homens abrindo as portas, cada um de um lado. Félix saltou para fora, mesmo com o elevador parado na metade do andar.

Subindo mais um pouco o processamento, Nina agarrou as abas do buraco e abriu uma passagem maior, permitindo-se entrar.

Um dos Valentes apertou o botão de novo e retomou o trajeto, finalizando com um tiro de munição comum que inutilizou o painel de botões de alumínio liso sensíveis ao calor humano.

Nina segurou os dois pelo pescoço. Encostou os adversários, que gritavam, contra uma das paredes internas do elevador e sentiu na costela um corte cada vez maior sob o efeito corrosivo da lâmina. Os homens se soltaram.

Para desarmar o homem que a cortara, segurou o pulso dele e o torceu na direção oposta ao tronco. Um urro de dor acompanhou o barulho da faca batendo no chão do elevador.

Nina bloqueou os socos e pontapés. Aparou um golpe com a mão e manteve o punho do adversário preso. Deu uma torcida, obrigou-o a inclinar o corpo e em seguida o derrubou com um pisão no joelho.

Com um deles caído, sacou a pistola-seringa e perfurou o pescoço do outro, deixando-o confuso por um instante. Foi o suficiente para que ela acertasse um golpe no pescoço e o deixasse inconsciente. Revistou os homens, mas não encontrou mais seringas de *no-smart*.

Quando o elevador parou, desceu em um andar que não constava no mapa 3D.

— Mas é claro…

Nina disparou pelo corredor, à procura da escadaria. Pessoas gritavam, assustadas, conforme ela passava. Além dos tradicionais pedidos de socorro, havia também os jargões evangélicos proferidos com toda a potência dos pulmões dos fiéis.

— Peguei o desgraçado. — A voz de Iza soou no chat.

— Tem um carro esperando a gente na rua de trás — informou Tera.

Nina viu o canto da interface marcar 62%. Correu e se chocou contra a parede, abrindo um buraco com o ombro. Quando recebeu o aviso de que os amigos haviam conseguido fugir em segurança, deu um salto longo para fora dali.

Conseguiram se reagrupar alguns minutos mais tarde. O veículo voador era uma van com o chassi reformado e a motorista era conhecida do time — Mônica ergueu o polegar assim que os avistou.

No banco traseiro, Félix estava amordaçado e com algemas neurais. Iza o ameaçava com uma víbora de aço.

— Um rosto tão bonito, morro de tesão. Já pensou se a gente dá uma machucada?

Passava a lâmina a poucos centímetros de distância do rosto do apóstolo, provocando uma série de gemidos desesperados.

— Tem um problema — disse Tera. — Vão seguir a gente.

— Não vão, não.

Nina sacou a pistola-seringa de *no-smart* e aplicou no homem sequestrado, então mandou Iza parar com a palhaçada. Tirou a mordaça de Félix e ouviu lamentos desesperados e súplicas, além de um ruído agudo, rápido e repetitivo, que parecia vir de dentro do peito de Félix. Os olhos do homem ficaram cinzentos.

No chat, Kalango gritou:

— É um clone!

Boom.

— Acorda, Nina.

Tudo ainda parecia desconexo quando Nina ouviu a voz do Kalango no chat e abriu os olhos. Só conseguia enxergar os pixels acentuados da interface. Aos poucos, a resolução se estabilizou. Olhou para baixo e notou que estava quase nua, vestindo apenas um monte de trapos rasgados — o que havia sobrado da explosão. Levantou-se, ainda cambaleante.

— Tera e Iza...?

Não houve resposta.

— Responde, Kalango. O que aconteceu com o Tera e a Iza? Que merda, o que aconteceu com a Mônica?

A impaciência a fez perder o equilíbrio. Escorou-se em uma parede — pelo menos parecia ser uma parede. Ainda não estava com a cognição boa o suficiente para discernir os arredores.

— A Mônica não sobreviveu. Perdi a conexão com os outros.

Nina caiu de joelhos. Quis gritar, mas só sentiu um punhado de lágrimas silenciosas deslizar pelo rosto.

— Não quer dizer que estejam mortos, mas é bom não ter muita esperança. Foi uma explosão feia — explicou o hacker.

Nina chorava de soluçar. A respiração estava ofegante. Com algum esforço, amarrou os restos da roupa do melhor jeito que conseguiu. Rasgou um pedaço do antigo sobretudo e improvisou um top. A calça estava aberta em uma das laterais, e ela precisou dobrar o tecido remanescente e amarrar com algumas tiras arrancadas do jeans. Depois de alguns minutos, se aproximou de um outdoor que anunciava a nova era da Santa Igreja; informações que não teve paciência para ler naquele momento. Socou a tela, transformando-a em um espelho preto trincado. Notou o reflexo do próprio rosto inchado, a testa ferida com um rastro de sangue coagulado.

— O que aconteceu?

— A culpa foi minha — disse Kalango. — Eu devia ter previsto isso. Nunca vi a Santa Igreja usar um clone para proteger ninguém, mas eu sabia do laboratório genético. Eu nasci lá. Sabia que eles tinham pesquisas com clones apesar de constantemente abafarem isso na mídia. Devia ter imaginado que era uma armadilha.

Os dois decidiram se encontrar no esconderijo do hacker na Vila Torres. No caminho, Kalango disse tudo o que havia para ser dito.

Enquanto Nina desviava dos carros abandonados no centro, Kalango explicou como a Santa Igreja tinha um ego frágil e uma política empresarial agressiva e bastante vingativa. A hipótese era simples:

— Você se deixou ser capturada pela polícia. A provocação foi boa, mas deve ter irritado a Igreja. O Profeta não esquece nada. Talvez não tenha cuidado disso pessoalmente, mas pediu para que alguém cuidasse… Agora, pra mim, ficou claro que a missão de Félix Marciano dentro da Santa Igreja é nos parar pessoalmente. Você deve imaginar a razão.

— Porque nos posicionamos contra a Igreja.

O barulho do biarticulado correndo dez metros acima da cabeça de Nina era quase ensurdecedor. A lataria de aço rangia um som desafinado. Quase trinta segundos se passaram antes que a conversa pudesse ser retomada, já que a *root* se recusava a colocar o mundo externo no mudo. Estava machucada, com a moral no lixo, mas ainda tentava se manter alerta.

— Então você entende — disse Kalango. — Antes, eles queriam anular sexualidades como a sua. A nova *smartself* era para isso. Chamam de cura, mas na prática é só um tipo bem engenhoso de violência. Depois do que fizemos na delegacia, a missão passou a ser machucar ainda mais. Foi por isso que acionaram os Valentes. Já esperavam algum tipo de ataque, então armaram essa cilada. Clonaram o apóstolo e o usaram como isca, assim como fizemos com eles. Seja lá o que vier a seguir, posso garantir que a oferta de ir pra cadeia não está mais de pé.

Nina passou em frente à rodoviária. Caminhou com certo receio, lembrando-se do confronto com os homens do Rancatripa. Passou pelo viaduto caído.

A roupa rasgada a lembrava de como era fria a madrugada curitibana. Embora fosse uma pessoa muito resistente, precisou acionar o *modpack* para não tremer tanto. Poucos minutos depois, avistou o galpão do hacker. Olhou em volta, garantindo que ninguém a observava.

— E tem mais uma coisa. Estava esperando você chegar pra contar…

Quando Nina entrou, soube na hora a que o hacker se referia. Lídia Gaber estava ali, sem o uniforme da polícia paramilitar. A primeira coisa que ela fez foi levantar as mãos abertas, sinalizando que não estava armada.

— Calma, Nina. Não tô mais com a polícia. Sou uma *root* agora.

Lídia

Antes

— Tá pensando em fazer alguma coisa drástica, né? — perguntou Yazid, sorrindo por trás do bigode largo.

O homem deixou os talheres sobre a mesa. Tinha no ombro um pano de prato úmido com a estampa gasta.

— É tão óbvio assim? — Lídia sorriu.

— Te conheço, Lídia. — Yazid apontou para a pizza no centro da mesa. — Serve enquanto tá quente. Fala pra mim: o que tá acontecendo?

— Identifiquei um padrão lá na delegacia.

— Já? — perguntou Yazid, rindo. — Você entrou lá tem o quê? Dois meses? Já tá encontrando padrão?

— É sério. Analisei uns dados sobre os suspeitos inocentados em julgamento. Os de classe mais baixa quase sempre acabam desaparecidos.

Yazid cortou o queijo derretido entre uma fatia de pizza no prato e a tábua redonda.

— E os outros?

— Os ricos? — Lídia pôs a mão sobre a boca para ocultar a própria mastigação. — Seguem a vida normalmente.

O pai riu e balançou a cabeça.

— Você acha que eu tô louca? O pessoal do arquivo falou a mesma coisa…

Yazid passou as costas da mão no rosto de Lídia.

— Eu nunca pensaria isso de você, filha.

Lídia aceitou o gesto e descansou a bochecha na mão do pai.

— Se você acha que tem alguma coisa estranha, tem que investigar. O bom policial nunca faz só o mínimo. Aliás, se quiser, eu falo com o Eric. Tenho certeza de que, se eu pedir, ele libera essa investigação pra você.

— Deixa quieto. Não quero ser a protegida do pai no trabalho. Todo mundo sabe que o Eric é seu amigo há anos. Eu mesma falo com ele.

— Sabia que você ia dizer isso. Muito mais honrada que seu pai, mais esperta, mais rápida e, segundo seus colegas da academia, briga melhor do que ninguém.

— Isso é coisa de pai coruja! Você é incapaz de ver defeito em mim.

Lídia ensaiou a conversa. Tentou ser clara, direta, não tomar muito tempo do delegado, mas em menos de um minuto obteve a resposta.

— Deixa eu te interromper. — Eric levantou a mão. — Você é uma moça esforçada, tem futuro, mas aqui as coisas são complicadas. Não vou poder te dar essa investigação.

— Mas eu tenho dados! Inclusive, teve um suspeito inocentado *hoje*. A gente devia dar proteção pra ele, investigar isso de perto.

Eric franziu a testa.

— A gente não protege bandido aqui nessa delegacia, Lídia.

Lídia suspirou. Eric fez um gesto para que ela saísse do escritório.

Assim que atravessou a porta, viu o rapaz inocentado saindo da delegacia. Não era de quebrar as regras, mas tinha poucos segundos para se decidir. Além do mais, sabia que poderia conseguir uma prova para convencer Eric de que havia algo de errado acontecendo.

Seguiu-o de longe com uma viatura. Na interface, acessou as acusações: furtos de mercearias ou pequenos estabelecimentos, quase sempre comida e produtos de pouco valor. Mas era muito estranho ele ter sido liberado, já que ninguém na delegacia costumava tolerar aquele tipo de coisa.

Já escurecia na capital paranaense quando o homem entrou a pé em uma ruela do centro, próxima ao Largo da Ordem. Lídia se aproximou com cuidado até notar o carro de vidros escuros pairando sobre ele. O veículo pousou rápido, e o rapaz foi puxado para dentro por duas sombras que Lídia não foi capaz de identificar. Ela tirou do bolso a pequena câmera flutuante para filmar a cena, mas era tarde — o carro já havia desaparecido no céu nebuloso.

Lídia sentiu o peito palpitar, mas não se rendeu ao medo. Acelerou em direção ao veículo. Seguiu-o de longe, com o giroflex desligado. Não queria chamar a atenção de ninguém; queria apenas salvar o rapaz e conseguir alguma prova de que suas suspeitas mereciam uma investigação formal.

O carro se afastou do centro da cidade e parou em um galpão abandonado de uma região industrial. Lídia viu sombras descerem do veículo, mas estava longe. Precisava se aproximar para conseguir uma filmagem.

Estacionou a viatura a uma distância segura e venceu os últimos metros a pé. As janelas estavam cobertas por ripas de madeira. Conseguiu remover uma ripa mais solta sem fazer barulho. Conectou a câmera à interface e ergueu o dispositivo pela fresta da janela.

Lá dentro, o chão tinha uma falha no assoalho que revelava a terra batida por baixo do galpão. Era ali que o suspeito abria uma cova. Em seguida, um homem se aproximou e o obrigou a se ajoelhar em frente ao buraco.

Lídia percebeu que se tratava de um grupo de extermínio. Gente que se achava acima das leis e da justiça. Queria chamar reforços, salvar a vida do rapaz, mas o que viu a seguir a deixou paralisada. Todos os membros do grupo bateram continência a alguém. Das sombras surgiu um homem de ombros largos, com uma arma apontada para a cabeça do rapaz inocentado mais cedo. Lídia tapou a boca para conter o ruído de choro.

Assistiu a Yazid assassinar o homem com um tiro e chutar o corpo para a cova.

22.

A menina chorava, procurando abrigo no abraço do pai.

Era o papel que ele mais gostava de exercer: a paternidade. Sabia abraçar a pequena com a mistura perfeita de força, para demonstrar proteção incondicional, e ternura, para demonstrar o amor eterno.

— Pronto, pronto. Estou aqui.

Félix Marciano afastou a filha. Com o dedão, enxugou as lágrimas da menina, tomando cuidado para que o toque fosse suave e carinhoso.

— Disseram que você tinha morrido.

Félix olhou para a mãe da menina, que com um gesto indicou não saber como aquilo havia acontecido.

— Mas você não devia ver esse tipo de coisa, não é mesmo?

A menina tinha um sistema de proteção na *smartself*. Só podia consumir conteúdos autorizados pelos pais, mas alguns softwares podiam burlar esse sistema. Em geral, eram divulgados pelos colegas na escola. Félix sabia que precisaria lidar com isso em outra ocasião.

O rosto da filha era de uma tristeza tão honesta que Félix não encontrou brechas para repreendê-la por burlar a programação indicada. Precisava ser firme, claro, mas sentiu que o momento era para acolher e tranquilizar a menina. A bronca podia esperar.

— Eu estou bem, filha. Olha só.

Ele ergueu os braços para exibir os músculos. Não era um homem atlético, mas a demonstração bem-humorada seria suficiente para fazer a menina sorrir. Ainda com os olhos umedecidos, ela abriu um sorriso e tentou dar um empurrão no pai, como se embarcasse na brincadeira.

Félix abraçou a pequena outra vez. Quando o pranto cessou, ouviu a vozinha ainda chorosa perguntar:

— Por que o jornal da Igreja mentiu?

— Eles não mentiram, filha. Você deve ter visto só um pedaço. Era só um clone meu que foi levado pelos bandidos.

— Por quê?

— Filha. — Félix a segurou pelos ombros e a posicionou de modo que ela pudesse olhar nos olhos dele. — Tudo o que eu faço é para o bem da nossa família. Você sabe disso, não sabe?

A menina assentiu.

— Existem muitas outras famílias por aí. Algumas são mais fracas do que a nossa. Algumas precisam que alguém lute por elas, porque tem muita gente por aí tentando destruir as famílias. O que eu e o Profeta fazemos é cuidar dessas pessoas.

— Então eu tô emprestando meu pai pra elas?

Félix olhou para a esposa, com quem compartilhou uma risada breve.

— Mais ou menos isso, meu anjo.

— Tudo bem. — A menina abraçou Félix outra vez. — Outro dia a professora disse que tem muitas crianças sem pai.

Ele deu um abraço apertado na menina, que retribuiu. Beijou as bochechas frias, ainda com gosto de lágrimas, e se despediu da esposa.

Poucas horas depois, estava na sala do Profeta, acompanhado pelo advogado, Dário Mantolvani.

— Aqueles *roots* não vão mais ser um problema — informou ao superior.

O Profeta assentiu e disse:

— Também não precisamos mais nos preocupar com o Messias.

Félix e Dário ficaram em silêncio. Não ousavam questionar o Profeta, mas era possível perceber a atmosfera de dúvida em que o líder da Santa Igreja os havia posto.

— Ele é um traidor — explicou o Profeta.

— Mas e os nossos planos? — quis saber Dário. — O que vai acontecer com os *patches*?

— Serão lançados como planejamos. Vamos anunciar ao público nossa compra mais recente. Além do mais, criar um garoto-propaganda em laboratório se mostrou arriscado. Separei uma divisão nos últimos anos para preparar um substituto mais apropriado, mas ainda temos limitações em relação a isso.

Félix trocou um olhar com o advogado. Os dois sabiam o que aquilo significava.

— Vossa Santidade… — começou Félix — … se me permitir, tenho uma sugestão.

O Profeta assentiu.

— Tive reuniões produtivas com o setor de programação. Pode ser que tenhamos uma utilidade para o Messias, se conseguirmos capturá-lo. Podemos usá-lo sem depender de uma colaboração voluntária.

O Profeta retirou os óculos e limpou as lentes com um lenço.

— Você sabe que estamos em guerra, não sabe? Entendo a ousadia e ambição de seu plano, mas só vai ser viável se a gente tiver a localização exata do Messias, além da certeza de que ele está desprotegido. Se essa oportunidade surgir, tem minha autorização para mover todos os Valentes disponíveis para a captura. Caso contrário, o plano original deve prosseguir.

Os dois homens ficaram em silêncio no lado oposto da enorme mesa onde o Profeta estava sentado, decidido.

— No entanto, ainda resta algo a ser feito — disse o Profeta, enchendo uma taça com o vinho.

Félix baixou a cabeça.

— Achei que já tinha cumprido meu dever.

— A primeira parte, sim. Agora o envio para o restante da tarefa.

O Profeta fez uma pausa, e Félix ergueu o olhar.

— Destrua todos os *roots* envolvidos no ataque. Não quero sobreviventes. Não quero prisioneiros. Quero que sejam punidos de acordo com o crime que cometeram contra as famílias deste país. Tem a minha autorização para fazer o que for necessário. A mão de Deus é implacável, e Sua ira não perdoa os pecadores.

Félix escutou todas as instruções com atenção. Gravou na mente as palavras exatas da melhor forma que conseguiu, já que o Profeta não permitia o uso de *smartselfs* em conversas particulares. Quando foi dispensado, reativou a *smartself* e soube para onde deveria ir. Entrou no carro e, poucas horas depois, estava de volta a Curitiba.

O prédio cinza era alto e sem detalhes. Não havia nada de especial nele, nem mesmo uma placa para indicar a natureza do imóvel. E o mais importante: sem fiéis. Todos os presentes tinham acesso a alguns segredos da Igreja. Não havia necessidade de se preocupar com o que acontecia no interior daquele prédio.

Ainda faltava atrair uma *root*. Ainda faltava punir o Messias.

Dentro da sala guardada pelos Valentes de Salomão, Félix avistou dois *roots* imobilizados, ainda muito feridos pela explosão e a queda.

Félix acessou todas as informações das duas pessoas presas. Uma delas tinha a aparência de um homem musculoso, mas, para Félix, não passava de alguém que rejeitara a escolha divina sobre o próprio gênero.

— Continue apertando essa aqui até que ela fale alguma coisa — disse ele.

— Não vão dizer nada. — O Valente se aproximou, compartilhando os dados de tortura. — Não podemos fazer muita coisa antes de matar as duas. Elas são leais.

Félix acariciou o próprio queixo. Os olhos das prisioneiras brilhavam de ódio. Uma das moças tinha lábios trêmulos; a outra tentava mexer os braços musculosos, mas eles estavam presos à maca por tiras de couro. Claro que também haviam instalado algemas neurais e aplicado uma dose de *no-smart* em cada uma.

— Vamos liberar a localização das duas e deixar que a terceira venha até nós.

Nina ouviu o relato de Lídia como quem resolvia uma equação.

— Não entendo como isso tudo fez você querer ajudar a gente.

Lídia passou os olhos pelo cômodo e pressionou os lábios.

— Eu ainda estava em pânico quando tudo aconteceu, mas mesmo assim precisei tomar uma decisão. Decidi que não queria ser como meu pai nem qualquer outro policial que eu conhecia. Saí de casa, continuei a vida sem meu pai, mesmo que ele insistisse muitas vezes em conversar. Fiquei sabendo que morreu um tempo depois, parece que exterminou um membro de uma gangue por engano e houve retaliação. O pessoal da delegacia nunca soube que eu tinha descoberto que a imagem de policial honesto que meu pai carregava era fachada.

Nina balançou a cabeça.

— Já é tarde demais.

— A gente não pode deixar a Santa Igreja escapar.

Nina respirou fundo e deu de ombros.

— Perdemos. Não sabemos onde o Tera e a Iza estão. Eles têm muito mais poder de fogo do que a gente e, mesmo com a sua ajuda, estamos em menor número. — A *root* se virou para o Kalango. — Tem alguma roupa pra mim aqui?

— No segundo andar tem um quarto com roupas pra doação.

As duas mulheres o encararam.

— Eu ainda tava tentando encontrar alguma coisa pra fazer. Queria dar sentido pra esse lugar, sei lá.

Nina subiu e vasculhou o amontoado de roupas usadas. Encontrou uma calça jeans do seu número, rasgada nos joelhos, um coturno marrom de cano médio, seu tipo favorito de calçado, e uma camisa com as palavras OLHO SECO. Revirou todas as caixas de papelão e sacolas de plástico até descobrir um sobretudo preto, já com a cor desbotada pelo tempo. Não sabia mais andar pelas ruas de Curitiba sem um daqueles.

Quando já estava vestida e de volta ao térreo, juntou-se aos outros dois para ver com Kalango os arquivos que ele acabara de receber. Descobriu a localização de Tera e Iza.

— É o subsolo do prédio dos Valentes — disse Kalango. — Só tem uma razão pra gente ter conseguido acesso à localização dos dois… Estão atraindo a gente pra lá.

Nina se sentou e apoiou a cabeça nas mãos. A escolha era entre uma missão suicida para salvar os amigos ou deixar tudo de lado para ir atrás do filho. Odiava que tudo precisasse acontecer daquele jeito.

Lídia se virou para Nina.

— Você ainda é procurada pela polícia, e os Valentes querem a sua cabeça.

— Eu sei, mas tem um problema. Tera e Iza nunca me abandonaram. Nem nos meus piores dias.

— Vai com calma, Nina. Pensa no seu filho. Ele também precisa de você.

Kalango as interrompeu.

— Vocês precisam ver uma coisa.

Na interface, Nina viu uma notificação que compartilhava o link para uma transmissão ao vivo. Félix Marciano estava de terno alinhado, encarando a câmera com o mesmo ar de seriedade que sempre exibia em aparições públicas.

———————— . :: ———— — . ——

Félix Marciano já fizera centenas de pronunciamentos, a maioria em nome da Santa Igreja, além de alguns na função de deputado, mas até então nenhum tinha conseguido deixá-lo tão emocionado quanto aquele. Precisou de um momento de silêncio antes de começar a transmissão. Concentrou-se, tomou um pouco d'água. Pensou na filha, que sempre o lembrava de que todo aquele sacrifício valia a pena.

O equipamento apontava para um canto do estúdio organizado para parecer uma sala de estar. Félix se posicionou ali, olhando para a câmera. Na interface da *smartself*, via os números de audiência em tempo real. A diretora fez a contagem dos segundos finais e, com um gesto, avisou o apóstolo de que ele estava ao vivo.

— Meus irmãos, passamos por muitas lutas, sobretudo nos últimos dias. Trago boas notícias, mas também uma notícia terrível, que me dói no coração anunciar.

Félix franziu o cenho, simulando pesar. A audiência marcava cerca de oitocentos mil espectadores — um número baixo, como era de costume nas transmissões feitas sem anúncio prévio.

— Nosso querido Messias fugiu da Santa Igreja — continuou ele. O contador saltou para um milhão e meio. — Mais do que isso, ele nos traiu. Nosso querido Jesus Cristo, que trouxemos de volta à vida para reinar em nosso tempo, abandonou a Santa Igreja e Seus fiéis. Hoje ele responde pela alcunha de Kalango. Tornou-se um criminoso perigoso e se aliou a pessoas antifamília.

O número de espectadores já passava de três milhões. A história tinha furos — o Messias não poderia ter feito tudo aquilo da noite para o dia, e ele estava desaparecido havia muito tempo, sem uma única comunicação da Santa Igreja, mas ninguém questionaria o apóstolo. Ele conhecia os fiéis. Acreditariam no que ele falasse.

Félix se estendeu na história do Messias traidor até que a audiência passasse dos trinta milhões.

— Agora, o Profeta cuidará dos fiéis. Para isso, a Santa Igreja continua cumprindo sua missão, e hoje somos donos dos principais fabricantes de *smartselfs*. Todos vocês receberão, na próxima madrugada, a atualização do nosso novo *patch* familiar, com mais proteção para você e sua família contra os perigos deste mundo. Não precisa mais ter medo do que seu filho escuta na escola nem em qualquer outro lugar. Com o novo *patch*, a Santa Igreja filtrará tudo, ajudando os fiéis a permanecer no caminho da Palavra, debaixo da graça de Deus.

Estava tudo indo muito bem. Félix havia aprendido com o Profeta, seu grande mestre. Sabia escolher as palavras certas. Usava o tom de voz perfeito para cada frase: era manso quando precisava ganhar a simpatia dos fiéis e firme quando precisava mostrar o respeito que a Santa Igreja construía. Salpicava aqui e ali um pouco da raiva disfarçada de fidelidade aos ensinos bíblicos.

Continuou assim até o número de espectadores chegar a duzentos milhões.

Com quase dez minutos de transmissão, trouxe a maior notícia da igreja, uma conquista que haviam negociado e escondido por meses, mas que já era seguro anunciar. Um golpe fatal para os antifamília. Um golpe ainda maior para os orgânicos libertários, que pregavam o niilismo humanista. Um verdadeiro massacre para a comunidade *open source*, que tanto vinha perseguindo os ideais puros da Santa Igreja de Salomão.

— Temos o prazer de anunciar um sonho realizado. Trouxemos de volta aos fiéis a terra prometida. Depois de muitos anos de lutas financeiras e legais, tenho o prazer e a honra de anunciar que a colônia Chang'e agora pertence à Santa Igreja. Ela passará a se chamar Canaã. Os atuais moradores terão a chance de se converter aos nossos ensinamentos, ou então serão despejados. Entre os fiéis, aceitaremos aqueles que decidirem imigrar com a família.

A Igreja jamais faria nada de graça, mas não era necessário explicar aquele detalhe durante a transmissão.

— O mais importante é que em nossa nova terra prometida haverá ordem. A colônia não mais aceitará as leis dos homens. A Santa Igreja será soberana sobre o local. *Roots* não serão tolerados.

23.

Tudo mudou. Kalango estava com o olhar cravado em Nina, enigmático. Podia ver os pontos de luz piscarem acelerados nos olhos dela.

— É tarde demais pra quebrar o controle químico das *smartselfs* — disse Kalango —, ainda nem comecei a trabalhar nisso. Se a atualização vai acontecer na próxima madrugada, a logística já está feita. Tentar acessar o servidor seria perda de tempo, não consigo realizar uma invasão dessas em tão pouco tempo. A gente também pode esperar que os servidores estejam localizados em locais secretos. O Profeta nunca manteria tudo do jeito que era sabendo que eu teria essa informação ao meu favor. Nina, sei que nosso acordo acabou, mas ainda preciso de você. Não vou oferecer uma passagem pro seu filho, mas posso transferir uma quantia em criptomoedas pra ele. Se a Santa Igreja não for impedida, não são só você e o Paulo que vão sofrer as consequências. Acha que o mundo é preconceituoso e manipulador *hoje*? Espera só pra ver o que vai acontecer quando o inferno neural do Profeta entrar em ação.

Nina suspirou, desolada, e sentou-se com o tronco encurvado.

— Mesmo que eu diga sim pra essa loucura, você mesmo disse que é tarde demais pra impedir os *patches*. O que acha que a gente pode fazer pra derrubar a Santa Igreja?

— Nada.

Nina ensaiou um sorriso carregado de conformismo e massageou a testa com a ponta dos dedos.

— Você já teve argumentos melhores.

— A gente não precisa derrubar a Santa Igreja. Na verdade, é até perda de tempo tentar. Eles são muito poderosos e influentes, acreditam que podem fazer qualquer coisa. Aliás, até podem. O que precisamos fazer é mudar isso. Um golpe é o suficiente. Algo que faça o Profeta perceber que eles não são intocáveis. Que dê ao menos uma abalada na confiança desses canalhas. Resgatar o Tera e a Iza com sucesso seria um belo golpe.

Nina teve um estalo. Levantou-se. Andou em círculos, gesticulou e até murmurou algo, e então se aproximou de uma das mesas onde Tera havia deixado um estoque reserva de armas e dispositivos. Além da faca que já carregava consigo, ela se equipou com um novo escudo e pegou uma nova pistola e mais dois transmissores de rede USX, para o caso de Kalango precisar invadir algum sistema. Notou uma caixa de pastilhas *reboot* e, quando a abriu, encontrou uma cartela que deveria ter três pastilhas, mas faltava uma.

— Onde arrumou isso aqui? — perguntou ao Kalango.

— Nem lembro. Sei que foi caro. Eu tava guardando essas pastilhas pra uma emergência, mas acho que não vai ter chance melhor que essa.

Nina pegou uma e entregou a outra a Lídia. Kalango e Lídia a acompanhavam com os olhos, esperando que ela se explicasse.

— Você fez um *modpack* pra Lídia?

— Em andamento — respondeu Kalango. — Imaginei que você fosse pedir alguma coisa assim.

— Já está funcional?

— Está. Não vai ter tanta capacidade de processamento quanto o seu, mas vai ter as mesmas características.

— Você virou uma *root*. — Nina olhou para Lídia. — Já pensou em dar um passo adiante?

Não foi difícil convencê-la a instalar o *modpack*, embora o hacker tivesse reiterado que era uma versão temporária e teria poucos minutos de uso em combate.

— Se chegarmos juntas ao local onde o Tera e a Iza estão presos, vão estar esperando por nós. Talvez se surpreendam com sua presença, mas eles têm gente pra se proteger. Vão gastar a maior parte dos Valentes pra se defender do ataque se a gente chegar com coisa pesada.

Lídia pediu a Kalango que compartilhasse com ela o mapa dos arredores de onde os dois *roots* estavam presos.

— É uma região abandonada — explicou Lídia. — Nem os catadores de sucata rondam mais a Cidade Industrial. É um plano arriscado e muito perigoso, mas, se a gente puder garantir que pessoas inocentes não vão se ferir, dá pra conversar a respeito. O que você está pensando em fazer?

— Você tá fora da polícia, mas tem contatos lá dentro. Consegue levar um número grande de policiais pra prender um dos criminosos mais procurados da cidade?

— Talvez. Precisa ser alguém grande.

— Ótimo. Tô pensando em mandar uma mensagem pro Rancatripa. Se eu puder atrair os capangas dele e você conseguir mandar a polícia, a gente não tem que se preocupar com nada. Os Valentes com certeza vão intervir com uma guerra acontecendo no portão deles. Eles são bem violentos quanto à segurança da propriedade da Santa Igreja. Com isso, a gente tem a chance de entrar no prédio e procurar meus amigos.

— É um plano interessante — disse Lídia. — A polícia tem muito a ganhar prendendo alguém como o Rancatripa. Pode funcionar.

Estava acertado. Armariam uma guerra para tentar resgatar Iza e Tera.

Nina pediu uma câmera flutuante emprestada a Kalango, seguindo logo depois para um cômodo vazio. Conectou o dispositivo à *smartself* e gravou uma mensagem para Paulo. Explicou tudo o que aconteceria, concluindo:

— Sei que você vai ficar com raiva, mas tô tentando te ensinar que aprendi a importância de não abandonar quem a gente ama. Eu não poderia ser uma boa mãe pra você se abandonasse a Iza e o Tera. Você nunca ia confiar em mim de novo. Eu acredito em você. Eu luto por você. Se de alguma forma eu voltar, vou ficar com você até o fim dos meus dias. Mesmo que seja nessa merda de lugar. Lembra disso sempre: Se ninguém resistir à tirania, ela vai achar que pode existir. E não pode.

Nina precisou regravar as últimas frases algumas vezes — não queria chorar no vídeo. Quando terminou, enviou o arquivo.

Só havia um motivo para os desgraçados terem instalado uma tela de vidro em frente às macas a que os dois estavam presos. Queriam que assistissem ao pronunciamento.

Iza olhou para o lado. Tera estava imobilizado, assim como ela. As macas estavam inclinadas para deixá-los quase em pé. Ambos tinham algemas neurais na cabeça e cintos de Kevlar em volta da cintura, do peito e das pernas.

Poucos minutos depois da transmissão, os dois Valentes dentro da sala, um homem e uma mulher, afastaram a tela e ficaram em posição de vigilância ao lado da porta por onde Félix entrou.

O apóstolo andava com as mãos atrás das costas. Não parecia dar importância aos *roots*.

— Algum sinal de movimento? — perguntou ele. Houve uma pausa. — Ótimo, fiquem de olho. Me avisem assim que ela chegar.

Nenhum dos Valentes respondeu, o que levou Iza a acreditar que ele se comunicava com outra pessoa através da *smartself*.

— Vocês sabem o que vai acontecer — disse Félix. — Fui incumbido de uma missão pelo próprio Profeta. Ela será cumprida.

Iza tentou alcançar a pastilha *reboot* grudada do lado de dentro de um dos últimos dentes. Ela a havia encontrado entre as coisas de Kalango. Achou que não precisava pedir permissão para pegá-la, afinal, era só uma pastilha. Não faria falta. Quando viu a caixinha sobre a mesa, teve a ideia de usar o dente falso para algo mais profissional. Só não pensou que precisaria usar tão cedo.

O apóstolo se aproximou de Iza e fez um gesto. A Valente que guardava a porta se aproximou e apertou as bochechas de Iza, tentando forçá-la a abrir a boca. Não encontrou nada. Nem mesmo reconheceu o dente falso.

Tera devia ter percebido a intenção de Iza, porque começou a morder a isca jogada por Félix Marciano.

— Esse é o momento que você promete não matar nós dois se a gente entregar a Nina?

Félix olhou para o *root* com um sorriso no rosto. O homem saboreava aquele momento. Gesticulou para que a Valente soltasse Iza e voltasse ao posto.

— Vocês já estão mortos. Como eu disse, tenho uma missão. O Profeta ficaria decepcionado comigo se eu não a cumprisse.

— Acho que você não veio aqui depois da transmissão ao vivo só pra dizer que a missão vai ser cumprida. — A voz de Tera soou mais passional que de costume. Havia até um tom provocativo e furioso na fala. — Tem algum problema, né? A essa altura, você pensou que já teria capturado a Nina.

Iza inclinou a cabeça para o lado. Tentava olhar para Tera. Precisou segurar a risada ao ver a interpretação teatral do amigo. Se sobrevivessem, precisava lembrar de provocá-lo por isso. Depois, olhou para Félix, que estava concentrado no grandalhão. Olhou também para os Valentes, que a encaravam como se quisessem perfurá-la com os olhos. Para alcançar a pastilha, ela precisaria ser muito cuidadosa, fazer tudo muito devagar para que os movimentos da mandíbula não chamassem atenção outra vez.

— Vocês todos vão morrer — disse Félix. — A pergunta que eu faço é o que será do menino Paulo.

Iza estremeceu. Dava para entender a raiva que a Igreja tinha deles, afinal, eram criminosos. Não tinham a orientação sexual aprovada pelo Divino. Haviam até tentado sequestrar o apóstolo. Mas usar o filho de Nina como tentativa de chantagem era baixo demais. Até mesmo para os padrões daqueles canalhas.

— Ele vai continuar sendo cuidado pela mãe — falou Tera, entredentes.

— Você é otimista. — Félix riu.

Tera cuspiu no rosto dele. Não era de seu feitio. Os Valentes abandonaram as posições e apontaram as armas para o *root*. Iza entendeu que o amigo apenas tentava dar a ela uma oportunidade.

Félix levantou a mão para que os Valentes se afastassem. Secou o rosto com um lenço.

— Se você me disser onde está a sua amiga, talvez eu seja generoso com o destino do menino. Ele não precisa pagar pelos crimes de vocês, precisa? Não...

Iza aproveitou a distração e pressionou o botão minúsculo na parte de trás do dente. Normalmente, o dispositivo se abria com um comando da *smartself*, mas ela havia instalado um sistema de acionamento manual. Era difícil acertar o botão e precisava fazer força com a língua, mas conseguiu. O dente se abriu, deixando cair na boca a pastilha *reboot*. Iza a cortou ao meio com uma mordida, ingerindo apenas uma das metades.

Aos poucos, sentiu a *smartself* voltar a funcionar, ainda que com as funções limitadas. Não conseguia se comunicar ou acessar as redes externas, mas já podia ativar o *modpack*.

Sentia cada um dos próprios movimentos com precisão. Finalmente, era fácil se mover. Adorava a destreza e a agilidade que ganhava com o *modpack*, mas foi ali que descobriu a melhor parte: o *sneak.exe* instalado na *smartself* também permitia que ela se movimentasse sob os efeitos de uma algema neural. Iza usou o mindinho para alcançar o fecho da tira de Kevlar que a prendia pela cintura. Precisou de um pouco mais de concentração para deslocar os ossos das mãos, mas controlou a dor e não emitiu ruído algum além do som seco dos ossos se movimentando sob a pele.

Ao lado, Tera gritava com Félix, tentando manter os Valentes distraídos. Não havia câmeras naquela sala, mas Iza sabia que precisava ser rápida.

Tera então fingiu ceder à ameaça de Félix. Chegou a informar um suposto plano de Nina para atacar a sede da Santa Igreja em Curitiba. O apóstolo ajeitou a gravata e abandonou a sala. Era claro que era mentira — Nina iria atrás dos dois. Iza e Tera nunca esperariam outra coisa dela.

Os Valentes escoltaram Félix para fora da sala. Quando voltaram, Iza os imobilizou com golpes certeiros na nuca. O movimento foi rápido e preciso, elevando o processamento para 23%.

— Eu tava ficando sem saber o que dizer aqui — comentou Tera.

— Relaxa, meu bem, você foi ótimo. Aliás, guardei uma coisa pra você.

Iza enfiou a outra metade da pastilha na boca de Tera.

O *root* se alongou assim que foi solto.

— A Nina vai chegar a qualquer momento e vai precisar de ajuda.

24.

Nina tinha passado a última meia-hora convencendo Lídia a aguardar um pouco antes de chamar a polícia paramilitar, mas, quando viu os capangas do Rancatripa ao longe, soube que era hora de agir.

— Nina, se você não der um motivo, eles não vão se aproximar — disse Kalango.

A *root* deixou o esconderijo. Em frente ao portão de titânio do prédio cinzento e sem fachada que abrigava a sede dos Valentes, ela plantou os pés, esperando que o céu alaranjado por trás da espessa neblina fosse testemunha da cena. Em frente, via a fúria do Rancatripa crescer, com homens e mulheres armados avançando em sua direção. Ao lado, escutou o ruído agudo das câmeras de segurança se movimentando. Não era possível enxergar através do portão ou da muralha de concreto que cercava o prédio, mas ouviu o barulho dos coturnos marchando em sincronia no pátio atrás do portão. Os Valentes estavam se preparando para a defesa.

— Lídia, é a sua vez.

— Já mandei as imagens pro delegado. Foquei o Rancatripa. Eles vão chegar a qualquer momento.

O grupo diante de Nina diminuiu a velocidade até interromper a investida. Havia alguma coisa errada. Nina abriu um novo chat e pediu a Kalango que a pusesse em contato com Rancatripa. Logo o chefão apareceu. Ele gostava de fazer chamadas de vídeo, mesmo que a maioria preferisse ficar só no áudio, como Nina.

— Cê me custou caro, Nina. Se for pra negociar, é melhor que a oferta seja alta.

Ele articulava as palavras com movimentos acentuados da boca. Era possível ver dois dentes dourados. O olho esquerdo, verde e sem pupila, era emoldurado por uma carranca furiosa. O olho direito parecia paralisado.

— E por que eu faria isso? O que eu tava mesmo querendo era acabar com esses palhaços que você mandou atrás de mim.

A gargalhada do Rancatripa soou aguda e esganiçada, passando a um timbre mais grave no final.

— Sabe qual é o problema dessa merda? Os vagabundos não têm mais senso de humor. Gosto de você, Nina. Vai fazer muita falta quando eu mandar arrancar suas tripas.

— Por que vocês pararam? Por um momento, pensei que você tava com medo, mas foi bobeira minha. O Rancatripa não tem medo de nada.

No vídeo, Nina viu o homem alargar um sorriso. Era assustador e cômico ao mesmo tempo. Ele parecia saborear cada expressão facial.

— Você vai tentar me provocar assim? Fala sério, Nina. Pelo menos seja criativa.

Nina enviava mensagens para Lídia enquanto tentava atrair o chefão do crime para o portão.

NINA
Cadê a polícia?

> LÍDIA
> Eles não são muito rápidos, ainda mais pra essa área da cidade. Estamos em uma região sem delegacia, então meu antigo delegado vai acionar a Secretaria de Segurança. Eles é que vão mandar os policiais pra cá. Provavelmente vão ser de várias delegacias diferentes.

Nina observava a tropa do Rancatripa como se fossem estátuas ao longe. Sentia falta da criatividade provocativa de Iza. Atrás de si, ouviu o barulho dos coturnos cessar. Os Valentes estavam em formação, talvez aguardando algum comando para o ataque.

Era difícil encontrar as palavras certas, mas foi naqueles poucos segundos que ela se lembrou de uma informação sobre o Rancatripa. Ele não era um sujeito patriota nem com orgulho da origem goiana, mas tinha uma paixão.

— Você não vai acreditar no que eu encontrei um dia desses — comentou ela. — Um cara me arrumou um pequi. Talvez o último do país inteiro.

Nina ouviu a respiração pesada no pulmão preguiçoso do Rancatripa. O adversário havia mordido a isca. Os olhos dele estavam tão vidrados como os de um cachorro em frente a uma padaria.

— Procurei uma receita. Fiz arroz com pequi!

— Era meu prato favorito… — A voz do Rancatripa saiu baixinha, meio gaguejante.

— Ganhei um novo respeito por você naquele dia. Não consegui engolir uma garfada daquela merda. Joguei tudo no lixo.

A respiração do Rancatripa parou.

NINA
E aí?

LÍDIA
Já estão a caminho.
Acho que estou escutando as sirenes.

— Tinha um gato vira-lata na minha rua — prosseguiu Nina. — Foi encontrado morto por aqueles dias. Acho que comeu aquela merda de pequi.

— Você pode falar o que quiser de mim, da minha mãe ou da minha irmã… — começou Rancatripa. Nina ergueu uma sobrancelha. Não se lembrava de ter mencionado a mãe ou a irmã dele. — Mas nunca fale mal do pequi!

A última coisa que Nina escutou antes de o chat ser interrompido foi, com o áudio rachado, um sonoro "EU QUERO ESSA DESGRAÇADA MORTA". Os capangas correram em direção ao portão. A maioria ia a pé, mas dois estavam em motos voadoras.

Uma notificação piscou na interface, uma solicitação para transmissão geolocalizada. Todos na área provavelmente haviam recebido a mesma coisa. Nina aceitou e escutou uma voz masculina e quase robótica:

— Atenção: não se aproximem! Os Valentes de Salomão querem apenas capturar Nina Santteles. Se recuarem agora, serão poupados.

Os capangas já estavam próximos. Nina ativou o *modpack* e apertou o botão na pulseira-escudo para se proteger da primeira saraivada de tiros. Percebeu que o próprio Rancatripa estava entre eles. Devia estar com muita raiva para ter ido pessoalmente atrás dela.

Mais atrás, o portão de ferro começou a ranger. Antes de dar o maior salto que seu *modpack* permitia, Nina ouviu a voz desafinada e trêmula do Rancatripa:

— Acabou, bosta!

Os Valentes entraram em confronto direto. Nina viu o inferno na Terra.

No horizonte, os carros voadores da polícia se aproximavam.

Quando a polícia chegou, as coisas ficaram confusas.

Nina pousou no pátio do prédio. Apesar de perceber várias câmeras apontadas para ela, não viu nenhum Valente indo em sua direção. Não teve tempo de contar, mas podia jurar que havia uma fileira de dez combatentes e cinco androides de combate engajados contra a tropa do Rancatripa.

Ele devia ter se assustado, porque logo ordenou que os AI-7 fossem disparados contra os Valentes — talvez para abrir caminho para Nina. O ataque pesado custou a atenção total da equipe de segurança da Santa Igreja.

Em meio à confusão, Nina viu Lídia se aproximar correndo pelo pátio.

— É nossa chance. A polícia pensa que o Rancatripa veio atacar os Valentes. Eles vão se juntar à briga.

As duas entraram, guiadas por Kalango.

— Não tenho acesso à planta desse lugar, mas vamos seguir o localizador da Iza e do Tera. Eles estão se movendo. Nina, tem alguma chance de os dois terem escapado?

Nina sorriu.

— Uma coisa eu sei: eles nunca aceitariam uma derrota sem lutar.

Chegaram à porta principal do prédio. Era um modelo de segurança pouco visto no submundo, sem maçanetas ou teclado numérico para digitar uma senha, apenas um leitor de reconhecimento no topo.

— Kalango, uma ajudinha?

— Tem alguma porta USX por aí?

— Nada.

— Não vou poder fazer muita coisa até vocês me ajudarem a invadir o servidor. Vão ter que entrar do jeito antigo.

Nina elevou o processamento a 15% e atingiu a porta bem no meio com o pé direito. Um estrondo metálico irrompeu no pátio. A porta afundou, mas aguentou firme. Faíscas saíam de onde o leitor a laser costumava ficar.

— É melhor tentar de novo — disse Lídia. — Fomos notadas.

Nina escutou os passos pesados. Quando olhou para o lado, avistou um androide de combate apontando as metralhadoras para as duas.

— Rendam-se. Coloquem as mãos na cabeça e fiquem de joelhos.

Nina se preparou para um salto, mas Lídia foi mais rápida.

— Abre a porta — disse ela para Nina, virando-se para encarar sozinha o androide.

A ex-detetive usava o *modpack* daquele jeito ainda desengonçado de uma novata, e virou o próprio corpo para dar cobertura a Nina. O *modpack* conseguiu resistir a alguns tiros, e, por fim, Lídia entortou com as mãos o cano das metralhadoras, que explodiram na base e inutilizaram o aparato bélico no ombro do robô. A expressão dela, com os dentes cerrados, era de esforço físico, quase como se sentisse dor por forçar os músculos daquela forma. Nina acordou de um semitranse, lembrando-se de que tinha uma missão a cumprir. A última coisa que viu antes de quebrar a porta de vez foi a nova parceira arrancar as metralhadoras das costas do androide.

No corredor interno, luzes vermelhas piscavam ao som do alarme de segurança. Duas Valentes correram em direção a Nina e chegaram a levantar as pistolas, mas foram lentas demais: a *root* já havia sacado as armas configuradas para disparo de impacto comum. Derrubou as duas adversárias com um tiro em cada.

— Pra onde, Kalango?

— Estão no subsolo.

Nina avançou até encontrar as escadas. No percurso, precisou apagar dois outros Valentes. O primeiro foi com um tiro na perna e uma coronhada na cara. O segundo tentou atacá-la pelas costas, obrigando-a a largar uma das pistolas e engajar em combate corporal. Ela recebeu alguns socos nas costelas e um chute na coxa, mas nada que não aguentasse. Torceu o braço do adversário, segurou-o pela nuca e chocou a cabeça dele contra a parede do corredor. O homem caiu desmaiado, com o rosto cheio de sangue. Nina provavelmente havia quebrado o nariz do sujeito. Apanhou a arma do chão e finalmente saltou pelos degraus, mas no subsolo encontrou uma porta metálica.

— A lógica aqui é a mesma da porta que eu arrombei?

— É perda de tempo, Nina. Você não pode sair chutando todas as portas pela frente. São muito resistentes, vão consumir todo o seu processamento. A gente precisa encontrar o servidor.

— Já resolvo isso.

Ela caminhou por entre os funcionários que corriam e gritavam, amedrontados, e escolheu um homem de meia-idade que usava um jaleco branco sobre uma camisa alinhada. Pegou o sujeito pelo colarinho.

— Não, pelo amor de Deus, me deixa ir embora!

— Calma, cara, só quero conversar um pouco.

Nina estava quase sentindo remorso por botar tanto medo em um inocente, mas ele resolveu abrir a boca:

— Eu tenho família. Isso pode não ser nada pra você, mas significa tudo pra mim.

— Como é?!

Nina o puxou pelo colarinho para perto de si.

— Não deve significar nada pra mim? Tá insinuando alguma coisa? Eu sou mãe!

— Você é mãe?

— Tá surpreso por quê, careca? Você não deve ter visto nenhum *root* na vida antes, né?

— Já vi vários. Eu vi você no noticiário. Você é...

O homem gesticulava em direção a Nina com movimentos limitados devido à imobilização. Por um segundo, deixou escapar uma boca torta de nojo.

— Ah, então o problema é minha sexualidade.

— Não tô querendo ser preconceituoso. É só minha crença pessoal. Não é natural, sabe? Por isso achei estranho você ser mãe.

Nina quebrou o nariz do sujeito. Não precisou nem da força adicional do *modpack* para fazer isso.

— Tá certo, espertinho. Vamos ver quantas vezes você vai repetir isso. Quando eu terminar o que comecei, você vai sacar que saiu até barato pelas merdas que falou. Agora, por mais que seja divertido socar um escroto como você, eu preciso encontrar o servidor… e tenho o palpite de que você vai ser um bom menino e me levar direto pra lá.

Os olhos lacrimejantes e cheios de terror disseram que sim, claro, não custava nada uma gentileza.

25.

Todos os prédios importantes da Santa Igreja tinham a própria sala de servidor. Quando Nina entrou, havia quatro mulheres e dois homens, além do careca com nariz ensanguentado que ela arrastava.

— Não vou mais precisar de você.

A *root* acertou um soco no queixo do homem, levando-o à inconsciência. Os Valentes não estavam por ali. Os técnicos ergueram as mãos, sinalizando que não iam resistir.

— Vou falar uma coisa: tô meio cansada de dar surra em civis hoje. Sei que vocês não são da segurança, seria desleal quebrar a cara de vocês, mas não tenho escolha se resolverem chamar ajuda ou causar problema. — Nina foi até um dos painéis principais e procurou uma porta USX na parte de baixo, onde espetou o transmissor de rede que daria acesso a Kalango. — Vou perguntar só uma vez: vocês vão me dar dor de cabeça?

A resposta foi uma súbita epidemia de cabeças balançando, gagueira e um burburinho de "Não", "Imagina", "Problema nenhum". A *root* gesticulou em direção à porta e deixou todos fugirem.

No chat, Kalango a informava sobre o progresso.

— Estamos dentro. O sistema é ainda mais robusto do que eu imaginava. A Iza e o Tera estão dois andares abaixo e...

— O que foi?

Nina correu em direção ao elevador, que abriu sozinho quando ela chegou, já sob o controle do hacker. Diante da falta de resposta, ela insistiu.

— Desculpe — disse Kalango. — Estava confirmando a informação.

— Que informação?

— Félix Marciano está no prédio.

O elevador chegou ao destino. A porta se abriu, revelando Iza estrangulando um Valente e Tera nocauteando outro com um soco. Os dois cumprimentaram Nina, ofegantes.

— Por que não conseguimos incluir os dois no chat?

Tera largou o corpo inconsciente do homem em que havia acabado de bater.

— Engolimos metade de uma pastilha *reboot*. O *modpack* funciona, mas as funções de rede, não.

— Tá certo, vamos ter que andar juntos então.

O trio se encontrou com Lídia, que estava com o supercílio ferido e trazia um rastro de sangue até pouco acima da bochecha esquerda. A expressão de desconfiança nos olhos de Tera e de surpresa na boca arreganhada de Iza obrigaram Nina a explicar:

— Ela é uma de nós agora.

Iza deu uma gargalhada.

— Por um momento, um segundinho, pensei que você tivesse trazido uma policial pra cá.

— Na verdade, a gente trouxe vários batalhões — disse Lídia. — Tá ouvindo os tiros e explosões lá fora?

Os olhos de Iza pareciam querer fugir do rosto. Ela se virou para Tera.

— Isso parece uma estupidez que eu faria, mas eu tava o tempo todo com você, né?

Tera assentiu, os olhos fechados.

— E agora? — perguntou Lídia.

Nina verificou na interface a localização do apóstolo Félix, compartilhada por Kalango.

— A gente pode sumir daqui. Sobrevivemos, fizemos um ataque bem-sucedido, a Santa Igreja vai saber que não é intocável. Ou podemos ir atrás do Félix.

Iza ergueu a mão como uma criança pedindo para ser escolhida pelo mágico.

— Atrás do Félix, por favor!

Tera surpreendeu a todos com sua opinião.

— Vocês devem ter visto a notícia sobre a colônia. A gente pode até fugir, mas vai ter que passar o resto da vida se escondendo. Sair do país não adianta muito. Ou vamos pra um lugar pior ou pra um país com leis mais rígidas em relação a *roots*. Pegar o Félix pode ser a única chance de construir alguma coisa.

Então ele explicou sua ideia. Era simples, na verdade: capturar o apóstolo e forçá-lo a fazer uma doação generosa aos *roots*.

Iza fechou os punhos perto do tronco e fez uma dancinha.

— Aí ficamos todos muito ricos.

— Nada disso — falou Nina. — Vamos distribuir a grana entre os *roots* da comunidade queer.

— Fala sério, você ficou boazinha de repente?

— Pensem comigo. Imaginem o que os fiéis iam achar se o grande apóstolo Félix Marciano fizesse uma doação generosa para "*roots* antifamília".

Ela fez aspas com o dedo nas palavras finais.

— Seria um golpe de mestre — disse Tera.

Kalango concordou no chat.

— Quero saber se vocês estão dispostos a se arriscar mais uma vez — explicou Nina. — Não vai ter mais colônia, não vai ter recompensa em dinheiro. Também não vai ter vida mansa pra gente depois disso. Pela primeira vez, agimos sabendo que a missão não vai trazer nada pra gente. Se não quiserem, eu vou entender, mas deixa eu falar uma coisa: todos sofremos as consequências de um mundo canalha e egoísta. A gente veio aqui e arranhou o rosto da Santa Igreja, mas, se isso der certo, vai contar como um soco na cara. Quem tá comigo?

Claro que todos acabaram concordando, mas a resposta que a surpreendeu veio no chat.

— Até aqui, você me seguiu — disse Kalango —, e eu agradeço por isso, mas depois do que você falou, quem te segue sou eu.

Primeiro, precisavam resolver a comunicação de Tera e Iza. Guiados por Kalango, os quatro seguiram pelos corredores, onde as coisas estavam ainda mais tensas. Uma fileira de Valentes os aguardava.

Nina deu os comandos que sabia dar. Prestou mais atenção em Lídia, que, apesar do bom treinamento de combate e de saber atirar muito bem, não estava habituada à equipe. Para poupar processamento, Tera não fez conexão neural com ninguém, preferindo curar a si mesmo dos tiros e facadas. Era um escudo humano que cobria todo o time. Empunhava uma metralhadora Gorila tomada de algum Valente. Cada disparo piscava as luzes do corredor e gerava uma onda de pixels na interface de Nina.

Enquanto Tera abria o caminho, Nina e Lídia terminavam de desacordar os homens e mulheres que escapavam das rajadas. Iza xingava todas as vezes que tentava esfaquear o pescoço de alguém e acabava interrompida pelas outras duas.

— Deixa eu pelo menos me divertir um pouco!
— Não precisa matar ninguém — disse a ex-detetive.
Iza riu.
— Que gracinha, uma *root* novata. Espera só alguns dias nessa vida pra ver se não muda de ideia.

Chegaram ao fim do longo corredor. As luzes piscavam. Uma porta dupla parecia ser o local protegido por aquela tropa. Nina acionou o hacker.

— Kalango?
— Já fiz.

A porta se abriu. Era um depósito. Fileiras de armários bem-organizados e cheios de armas, munições e demais equipamentos de combate. Os quatro pegaram tudo que podiam carregar, mas foi nos fundos que Tera encontrou as pastilhas *reboot* que tinham ido procurar. Tera e Iza engoliram uma pastilha cada e foram reintegrados ao chat pouco depois, enquanto Tera fazia uma saudação coletiva para testar a comunicação com todos. Iza preferiu mandar memes com a Santa Igreja pegando fogo.

Antes de sair, Tera avistou algo.

— Boa ideia...

Nina se juntou ao colega, observando as várias caixas de *no-smart* que o amigo carregava.

Cada um pegou quatro seringas, o máximo que dava para carregar sem perder mobilidade, prendendo-as ao cinto ou guardando-as dentro do casaco, como Nina preferia fazer. Iza encontrou um cabo de aço enrolado como se fosse uma corda, mas que tinha a leveza de um barbante e a resistência de metal reforçado.

Nina deu a ordem para o próximo passo.

— Agora vamos atrás do Félix Marciano.

Lídia se esforçava para seguir as instruções de Nina. Uma semana antes, jamais teria imaginado receber ordens de uma *root*, mas ali estava ela. Acreditava em uma causa. Acreditava, certo? Era muito difícil se lembrar de todas as motivações no meio da batalha, enquanto tentava permanecer viva, mas acreditava — tinha que jurar que sim. Era a única forma de passar por toda aquela loucura.

Quando chegaram ao quinto e último andar acima do térreo, Lídia soube que os quatro não poderiam se manter unidos até o fim. Viu os androides de combate surgirem ao longo do corredor amplo e largo. Contou cinco homens na primeira fileira, todos carregando metralhadoras e posicionados em formação tática, dois agachados na frente e três em pé logo atrás. Na segunda fileira, três androides se erguiam imponentes, com as armas apontadas aos quatro *roots*. A visão periférica de Lídia captou um objeto atravessando o ar.

— Granada sônica! — gritou Iza, assim que a arremessou.

Lídia tapou os ouvidos e se encolheu, sendo imitada pelos demais. Quando Nina se aproximou para dar instruções, Lídia foi obrigada a interrompê-la.

— Acabei de receber uma mensagem do delegado. Eles vão recuar. Parece que os Valentes pediram à polícia que não se envolvesse. Os homens do Rancatripa já estão neutralizados. A maioria fugiu. Isso significa que os Valentes vão vir com tudo pra cima da gente.

— Vocês conseguem passar por essa leva? — perguntou o hacker.

— Talvez, mas não temos chance contra o restante que tá vindo — respondeu Nina.

— Não se preocupa. Tenho um plano.

— Larga de ser tonto. O que eles querem mais do que a gente? Não vai funcionar.

— Confia. — A voz de Kalango soou tão serena que, mesmo tomando fôlego para rebater, Nina acabou desistindo. — O Félix acabou de escapar para o terraço. Provavelmente está esperando um carro para o resgate. Vocês têm que chegar logo lá. Deixem o resto comigo.

Lídia derrubou um androide, que já estava debilitado por causa da granada sônica. Os Valentes engajaram em combate corporal contra Tera e Iza.

Nina e Lídia trocaram um olhar. A ex-detetive viu seu processamento chegar aos perigosos 95% devido a tudo pelo que havia passado até ali, então gritou:

— Só vai!

Nina despediu-se dos colegas com um olhar que pedia desculpas e agradecia ao mesmo tempo, e subiu o último andar pelas escadas.

Lídia saltou nas costas de um robô. A força dela aumentada direcionou uma das metralhadoras para o outro, mais ao lado. Fez as duas máquinas de guerra se destruírem e caírem no chão, cheias de óleo escorrendo e faíscas pulsando nas extremidades atingidas.

Ela se encostou na parede.

— Estou perto do *boot*. Vocês vão ter que terminar essa sem mim.

26.

Tera sentiu a pele reagir às feridas. Embora a cura fosse acelerada, o desconforto da dor era mais do que suficiente para impedi-lo de andar mais rápido. Agarrava dois Valentes pelo pescoço, um em cada braço, e apertou até que perdessem a consciência.

Quando olhou para o lado, Iza já tinha amarrado os outros três Valentes com o cabo de aço. Embora a velocidade com que a baixinha imobilizara os adversários fosse impressionante, o que chamou a atenção do *root* foi a granada incendiária da qual Iza puxou o pino, posicionando-a na boca de um deles.

— Assim você vai matar todo mundo aqui! — disse Tera.

— Vou nada. Ele vai segurar. — Ela se virou para o Valente. — Você vai segurar, não vai?

O homem suava. Com terror no olhar, assentiu.

Tera dominava a arte de dizer frases inteiras com apenas um olhar. Desde que começara a trabalhar com Iza, se vira obrigado a usar repetidas vezes uma expressão em particular com que transmitia reprovação, raiva e repulsa ao mesmo tempo. De todas as loucuras de Iza, que não eram poucas, aquela parecia ser a mais merecedora daquele olhar. Claro que ele sabia qual seria a resposta, mas não conseguiu evitar a gastrite quando Iza rebateu:

— Juro, tá tudo sob controle!

Iza segurou a lateral do rosto do homem que tinha a granada na boca. Um fio de suor escorria pela têmpora do infeliz, os olhos tão arregalados que Tera se pegou pensando se era possível que a pele do rosto de alguém pudesse rasgar daquela forma.

— Ele não quer acreditar em mim — disse Iza. — Seria legal se você olhasse nos olhos dele e prometesse que vai se esforçar pra manter a gente vivo.

Sem remédio, o refém balançou a cabeça, derrubando a granada em um movimento acidental. Iza apanhou o objeto antes que caísse no chão, pondo-o de volta na boca do Valente. Ao olhar para Tera, tinha o mesmo sorriso sardônico de todas as vezes que sabia que estava fazendo alguma besteira.

Quando todos os adversários foram imobilizados, os dois injetaram uma dose de *no-smart* em cada um. Tera passou o braço de Lídia em volta do pescoço e a ajudou a caminhar. Subiram pelas escadas até o terraço a tempo de ver Nina saltando em direção a um carro que acabava de decolar. Três carros voadores atravessaram o campo de visão de Tera e a perseguição começou. Eram modelos militares, sem cobertura, com chassi verde-escuro e um formato retangular que remetia a um veículo bruto.

Não podiam fazer mais nada para ajudar Nina.

Tera ajudou Lídia a se sentar. Aproximou-se da beira do telhado e viu que a maior parte dos veículos dos Valentes, incluindo dois tanques, rumava em outra direção. Se decidissem seguir Nina, talvez ela não tivesse chance.

— Kalango, foi você que fez isso?

— Você vai ter que me perdoar, Tera. Você é um homem muito inteligente e responsável. Gostaria que a gente tivesse a chance de trabalhar juntos de novo.

— Do que você tá falando? O que você fez?

— Só tem uma coisa que a Santa Igreja quer mais do que a Nina. O Messias em pessoa.

— Pensei que eles te considerassem um traidor. Por que iriam te querer de volta?

— Sim, eu sou um traidor. E eles não me querem *de volta*.

Todos ficaram em silêncio por um tempo, até que uma notificação piscou na interface de Tera. Kalango havia enviado alguns arquivos.

— Guarda isso pra mim. Confio que vai tomar a decisão certa uma hora dessas. Fica tranquilo, o esconderijo ainda é seguro. Eu saí de lá uma hora atrás. Estava programando tudo da minha *smartself*.

— Kalango...

— Desculpe. Não tinha outro jeito.

A transmissão foi encerrada.

Kalango encerrou a chamada. Estava sentado no banco da praça Carlos Gomes, bem no centro da cidade. Ignorou o cenário ao redor, de pessoas apressadas correndo em direção aos elevadores de ar comprimido com acesso aos tubos.

A primeira providência foi deletar todos os arquivos da *smartself*. Em seguida, quebrou a segurança da própria *bios* para acessar as próprias memórias pessoais. Tudo o que havia vivido, todos os momentos desde sua criação até a decisão de se sentar naquele banco. Selecionou tudo e respirou fundo. Não deixaria que aqueles canalhas pusessem a mão em absolutamente nada que fosse dele.

Enviou o comando, e tudo foi deletado.

Quando os Valentes chegaram, o homem não se lembrava mais de quem era. Era um homem em branco. Nenhuma memória senão a cognição básica que trazia habilidades como a fala, por exemplo.

Não teve tempo de perguntar àquelas pessoas o que estava acontecendo. Foi jogado ao chão, com o peito esmagado contra as pedras da praça. Diversos veículos sobrevoavam os arredores. Alguns oficiais da igreja afastavam os civis e pediam calma à população. Dois Valentes o imobilizaram, um em cada braço, deixando-o estirado no chão em formato de cruz.

Um terceiro se aproximou e instalou na cabeça do homem apagado uma algema neural.

Naquele momento, a Santa Igreja não conseguiu capturar o Kalango — porque ele não era mais o Kalango. Não era ninguém. Apenas um corpo sem memórias que sofreria as consequências de atos que nem sequer podia imaginar quais eram.

O carro estava a quase duzentos quilômetros por hora. Depois dos confrontos dentro do prédio, Nina havia conseguido controlar o processamento e até estabilizá-lo, mas, para se manter sobre o teto do veículo em alta velocidade, precisara elevar tudo até 63%. Ziguezagueavam na terceira via aérea, o que só podia significar que estava no modo manual. A *root* olhou por cima dos ombros, percebendo os três outros carros que a perseguiam. Eram modelos militares recentes, diferentes dos que ela se lembrava de ver no desfile do Sete de Setembro quando criança. O exército não tinha dinheiro para ter os melhores e mais modernos equipamentos de combate. Só uma organização privada como os Valentes de Salomão investiria em tecnologia daquele tipo.

Estavam armados, mas não arriscariam disparar enquanto ela estivesse com Félix Marciano.

— Renda-se, Valentina Santteles. Você não tem chances — disse a voz metalizada vinda de algum dos carros que a seguiam.

A perseguição acontecia na via aérea mais alta, usada pelos carros privados. O ar era rarefeito e estavam próximos à camada espessa de fumaça gerada pela poluição de muitas décadas, tornando o caminho incerto para Nina, que não havia implantado lentes de aprimoração nos olhos.

Ela socou o teto do veículo, ganhando no processo um punho dolorido e uma lataria amassada. Era um carro blindado; custaria caro pegar o apóstolo. Repetiu o movimento até abrir um buraco. O ombro de Nina foi imediatamente alvejado por uma bala de um dos perseguidores. Mesmo com a resistência física aumentada, a munição de rasgo, comum apenas em invasões a edifícios de aço reforçado, conseguiu abrir uma ferida. Não sabia dizer se a causa do desequilíbrio havia sido a dor do impacto ou o susto do disparo — talvez os dois —, mas não podia perder tempo pensando naquilo. Nina se agarrava com uma só mão a um dos cantos inferiores do veículo, pouco atrás de uma das turbinas.

Um dos Valentes gritou uma ordem furiosa em repreensão ao autor do disparo.

— Eu mandei não atirar! O apóstolo está no veículo!

O carro a que Nina se segurava aumentou a velocidade, cobrando um desempenho maior do motor e rasgando o céu em um barulho agudo. A turbina estava a poucos centímetros do rosto da *root* e parecia ter sido ligada apenas para derrubá-la. Ela se mantinha segura pelas pontas dos dedos deslizantes, sentindo até mesmo o suor lutar contra a determinação de permanecer ali.

Um dos carros militares se posicionou abaixo dela. Nina foi obrigada a se soltar quando percebeu que uma Valente estava mirando um Timofeevich, o rifle de precisão. Uma arma que poderia ser disparada sem pôr em risco a vida de Félix Marciano.

Nina caiu sobre um dos Valentes, que apontava para ela uma metralhadora Gorila. Valeu-se da força aumentada pelo *modpack* para direcionar a arma para cima e disparar uma saraivada de tiros de impacto comuns. Alguns acertaram a lataria do carro de Félix, mas outros se perderam no céu que já havia entrado na madrugada.

Enquanto um par de Valentes no carro militar dava coronhadas, socos e até cotoveladas, Nina devolvia com bloqueios precisos e, volta e meia, um soco ou outro. Alguns dos golpes foram mais rápidos do que a *root* e encontraram seu destino nas costelas e no rosto dela. Apesar da resistência aumentada ter boa serventia para camuflar a maior parte da dor, os golpes ainda a atingiam. Mais cedo ou mais tarde, precisaria lidar com os hematomas.

Os dois outros carros militares encostaram nas laterais do veículo de Nina. Acima, ela viu o carro do apóstolo desviar da rota. Cerrou os dentes de raiva. Os três carros mergulharam no ar em uma descida brusca. Os Valentes flexionaram as pernas e se seguraram com a sincronia de quem treinara aquela manobra por dias a fio.

Nina reagiu por reflexo, agarrando-se a um dos bancos de couro sintético.

— Tera, não rola uma conexão neural? Uma cura ia me ajudar com esse ombro aqui.

— Desculpa, Nina, muito longe. A gente tá dando um jeito de ir até você. Aguenta firme.

Com o carro quase na vertical, Nina deu um salto para o veículo à direita. Derrubou um dos Valentes com um soco na lateral do rosto. A máscara de plástico quebrou com o golpe e Nina chegou a sentir o impacto na mandíbula do adversário. Teria caído junto, não fosse pelo movimento que fez com uma das pernas para se prender à quina do vidro frontal.

Precisou de mais um impulso na lataria externa para conseguir se mover para o banco do passageiro. Dali, acertou uma cotovelada no motorista e tapou com a palma da mão a pistola da Valente sentada no banco traseiro. Ela disparou mesmo assim, arrancando de Nina um urro de dor. Nina via o número alaranjado já em 72% no canto da interface. Em vez de recolher a mão atingida, avançou alguns centímetros e torceu o pulso da adversária. Quando já a havia dominado, arremessou-a para fora do carro. Os Valentes usavam coletes Newton, que diminuíam a velocidade da queda quando chegavam perto do solo. Provavelmente não morreriam, o que, naquele momento, depois de levar um tiro na mão, era até decepcionante.

O motorista ainda estava desnorteado. Nina segurou o volante e jogou o veículo contra o vizinho, o carro em que estivera alguns minutos antes.

Uma fração de segundo antes de as duas máquinas voadoras se chocarem no ar, já na altura onde os biarticulados passavam, ela deu um salto em direção ao terceiro veículo. Os dois primeiros se encontraram, e as leis da física fizeram o resto. O estrondo chegou a aumentar a temperatura por alguns instantes. Nina achou que acabaria queimada, mas o veículo sobre o qual pulara a tirou bem rápido dali.

Restavam três Valentes, duas mulheres e um homem, mas Nina não precisou fazer muita coisa a respeito. Meia dúzia de socos e dois pontapés resolveram o serviço, além de quebrar os vidros laterais do veículo para arremessar o motorista para fora. O problema mesmo foi, mais uma vez, o tanque.

A *root* se deu conta da razão do mergulho dos veículos. Não foi só para que o apóstolo fugisse, mas para que diminuíssem a distância do veículo mais lento do batalhão. O canhão já exibia no seu interior a luz roxa. Nina se preparou para saltar, fugindo do disparo, mas calculou que um outro biarticulado seria atingido. Foi a decisão mais difícil e rápida que já tomara na vida. Aceitou o disparo.

O carro perdeu altitude, e Nina teve as costas pressionadas contra o ônibus que tentava proteger. O biarticulado entortou a rota, ficando em uma posição crítica. Os passageiros gritavam, aterrorizados.

Os braços de Nina estavam cruzados para proteger o rosto. O processamento na interface já piscava em vermelho, 98%. O ônibus saiu da rota aérea, desconjuntado. Será que matariam inocentes só para capturá-la? Não podiam fazer aquilo.

Mas podiam fazer o que bem entendessem. Aliás, *só faziam o que bem entendiam*.

A visão de Nina estava afetada pelo clarão roxo do qual tentava se defender, além de dar cobertura ao ônibus, mas notou os batalhoides saindo das portas frontais do tanque. Eram semelhantes aos que ela já havia enfrentado, mas com jatos propulsores presos às laterais das metralhadoras que traziam nas costas. Em grupo, voaram em direção a Nina e apontaram as armas. Não importava que pouco atrás dela dezenas de inocentes gritassem. A Santa Igreja saberia como fazer com que tudo aquilo parecesse culpa da *root*. Ela podia até adivinhar quais seriam os termos usados para desacreditá-la. Se morresse, não seria só uma derrota pessoal. Seria uma perda na luta pelos direitos dos *roots*. Seria mais um prego no caixão dos direitos queer, que vinham sofrendo tanto retrocesso nos últimos dez anos. Nina se lembrou por que decidira se arriscar para salvar seus amigos.

Se ninguém resistir à tirania, ela vai achar que pode existir. E não pode.

Quando acordou do devaneio, percebeu que, além da rajada constante de plasma da qual se defendia, também recebia saraivadas de tiros dos androides. Viu na interface a porcentagem crescer até 135% antes de ser substituída pela mensagem UNKNOWN ERROR. Ainda estava acordada, o que só podia significar que sua capacidade havia aumentado. Nunca pensou que sua raiva genuína um dia serviria para um objetivo tão positivo como arrebentar com o poder bélico dos Valentes de Salomão. Usou a lateral do ônibus para um impulso. O biarticulado seguiu, tortuoso, mas logo recuperou sua rota e tirou os civis dali. Nina agarrou os dois androides enormes pelos pescoços artificiais e os esmagou depois de pousar sobre o tanque. O disparo de plasma foi interrompido assim que Nina saiu da mira. Em seguida, ela agarrou o canhão com as mãos e o entortou. A arma de combate mais potente do veículo ficou parecendo um C mal escrito.

Em cima do tanque, Nina arrancou a cabeça de um dos androides, deixando um chumaço de faíscas brilhantes no lugar. O outro ainda tentou apontar as metralhadoras para a *root*, mas foi estraçalhado em mil pedaços com um único soco acompanhado de um grito de fúria.

Cinco outros Valentes se preparavam para entrar em combate, mas hesitaram ao vê-la reduzir o batalhoide a farelos com um único soco. Nina se virou para eles e ergueu os punhos fechados.

— Vocês podem vir pra cima ou podem se jogar.

Os Valentes se jogaram.

Embora o veículo tentasse sair dali, dando-se por vencido, Nina acertou a lataria com o punho fechado, abrindo um buraco.

Os homens que ainda estavam dentro do tanque ergueram as mãos, se rendendo. Nina pegou um deles pelo colarinho.

— Vocês vão avisar o apóstolo que a missão foi cumprida, vão me levar até ele e vão fazer isso tudo agora mesmo.

A capacidade de persuasão de Nina devia ser boa, porque não houve nem sequer *um* contra-argumento.

27.

Félix Marciano foi arremessado ao chão de concreto. Ao lado dele, estava o carro, com uma fumaça escura saindo do motor.

— Por favor, não — pediu o apóstolo.

Nina aprendera a se defender muito cedo. Já tinha dado muitos socos por aí, mas poucos foram tão saboreados quanto aquele.

Estavam em uma região da Cidade Industrial abandonada. Do outro lado, Tera, Iza e Lídia apontavam as armas para os Valentes ajoelhados. O tanque com o cano retorcido era parte do cenário. Era um crime que ia deixar o Profeta com dor de cabeça por muitos anos.

Nina segurou Félix pelo colarinho, se aproximou do rosto ensanguentado do deputado e sentiu a respiração ofegante e chorosa do homem.

— Você vai fazer uma coisa pra gente. Vai doar uma boa grana do seu bolso.

Tera cuidou de tudo. Nina não quis nem que ele compartilhasse a interface; confiava no colega, que com certeza mandaria o prisioneiro transferir todo o dinheiro para cinco criptomoedas diferentes. Félix perderia o rastro da grana, nunca seria capaz de recuperar o patrimônio. Ele resistiu e implorou, claro, mas acabou cedendo quando levou um soco no estômago.

Iza se aproximou, deixando os Valentes sob a vigilância de Lídia. Ninguém parecia querer se opor depois de ter visto Nina em ação.

A baixinha sacou a víbora de aço e fez um movimento próximo ao próprio pescoço.

— Hoje você vai morrer muito, muito mesmo!

— Essa frase não faz sentido — retrucou Tera, ainda concentrado nas transações financeiras.

Nina largou o apóstolo no chão.

— Não vamos matá-lo.

Poucas vezes se lembrava de ter visto Iza tão contrariada.

— Por quê?

— Já temos o que precisamos.

— Mas Nina…

— Esquece, Iza. Não somos assim.

— É claro que somos! Ele precisa pagar.

— Ele já pagou. E caro.

— Não, me escuta…

— Deixa pra lá.

— Porra, Nina, pelo menos uma vez…

— Missão cumprida, Iza. A gente não precisa fazer isso.

Iza arremessou a faca no chão e deu um grito. Félix parecia aliviado, arriscando até um sorriso cínico. Devia estar no sangue do infeliz, aquela coisa de tripudiar. Estava ali, capturado e sem um centavo, e ainda queria se sentir o vencedor.

— Ele ameaçou seu filho, sabia? — disse Iza.

Nina sorriu.

— Se ele quer pegar meu filho, que tente a sorte.

— Tera me falou que foi ideia sua — disse Lídia.

As duas estavam em frente ao galpão que servira de esconderijo para Kalango.

— Ele não vai mais precisar desse lugar.

— Tô sabendo. Uma pena ele ter sumido assim. Até agora ninguém sabe dizer o que fizeram com ele. Ele era muito bom no que fazia, seria bem útil pra gente agora… Mas não tô falando do galpão.

Lídia segurou Nina pelo ombro, forçando-a a virar de frente para ela.

— Foi muito legal da sua parte usar o dinheiro pra criar um abrigo pra *roots* queer expulsos de casa.

Nina deu de ombros.

— Foi a única coisa que pareceu certa, depois de tudo. E você? O que vai fazer agora que não tá com a polícia?

— Ainda não sei. Vou precisar arrumar alguns trabalhos por aí.

Nina sorriu.

— Seja bem-vinda ao submundo.

Lídia virou as palmas para cima.

— Foi o que me sobrou. E você, vai fazer o que sem a colônia?

— Tenho que seguir meu caminho. — Nina apontou para trás com o polegar, em direção a Paulo. O garoto ajudava os orgânicos que haviam assumido o novo abrigo a carregar móveis e limpar as tranqueiras deixadas por Kalango. Quase todas estavam sendo postas em um caminhão à disposição de Tera. — Tô me entendendo com o guri aos poucos. Ainda tem muita coisa pra acertar, mas, pela primeira vez, a gente tem a chance de ficar junto.

— Acha que a igreja vai te deixar em paz?

— De jeito nenhum. Aliás, eles estão mais populares do que nunca... Até combinei com Tera e Iza de investigar isso depois.

As duas trocaram um aperto de mão. Antes de ir embora, Nina deixou um último recado:

— Vou deixar o chat aberto. Se precisar da gente, é só chamar.

Nina foi para o lado oposto ao de Lídia. Paulo acompanhou a mãe.

— Tô pensando em fazer *root* — disse ele.

— É mesmo?

— Tem alguma coisa contra?

— De jeito nenhum. O Tera resolve isso pra você, mas quero só que você pense direito no assunto primeiro. Pra ter certeza de que é mesmo o que você quer. Tem alguma pergunta?

— Ouvi dizer que os *roots* enxergam tudo em baixa definição. É verdade?

Os dois caminhavam pelas ruas da Vila Torres. Muito acima de suas cabeças, passavam os ônibus voadores, rasgando o ar.

— Na verdade, todo mundo que tem *smartself* enxerga o mundo em baixa definição. É o preço de ter uma tecnologia tão invasiva implantada no cérebro. A gente não percebe porque metem isso ainda no hospital. A única diferença é que os *roots* conseguem enxergar os pixels.

EPÍLOGO

Tera

Depois

Hora de descobrir o que caralhos Kalango havia enviado. Não estava exatamente criptografado e não era protegido por senha. Apenas compactado, mas era um arquivo grande. Muito grande.

Tera quis ter certeza de que nenhum arquivo fosse corrompido, especialmente considerando que não conhecia o formato .*thief*. É claro, não podia fazer isso na própria *smart-self*; o peso do arquivo deixaria quase todas as outras funções mais lentas. Decidiu usar o computador de casa. Não o que usava para jogar, e sim o de trabalho. Tinha um palpite de que os arquivos deixados por Kalango se enquadrariam mais nessa categoria. Transferiu o arquivo para uma mídia física e a inseriu o computador.

Tela em preto. Cursor intermitente piscando na cor branca.

Até que Tera digitou.

UNZIP F:/kalango.thief

Uma nova mensagem surgiu:

TEMPO ESTIMADO: 3 HORAS

O que podia ser tão pesado?
Não importava. Tera tinha um outro local para visitar enquanto esperava.

※

Na primeira vez em que esteve no cemitério do Santa Cândida, Tera havia enfrentado pelo menos três tragédias. Quando passou em frente à capela, ele se lembrou da primeira.

Anos antes, sua mãe estivera ali, deitada em um caixão. A vida fora injusta: anos de desentendimentos e frustrações, e foi só quando já estava no hospital que sua mãe finalmente o chamara pelo pronome correto. É claro que a irmã não o havia avisado da morte da mãe, e Tera precisara descobrir vasculhando as notas de falecimento da Santa Igreja de Salomão. Havia sido um dia cheio de parentes e amigos da família, além de conhecidos da igreja. O velório começou durante a noite, mas naquele momento Tera caminhava durante o dia.

Ele viu a capela de portas abertas, vazia, exceto por uma faxineira que se dividia entre programar e limpar os compartimentos de um trio de robôs de limpeza.

Mesmo com a capela iluminada pelo sol e preenchida pelos ruídos dos robôs, era difícil se esquecer de sua noite de tragédias quando passava por ali. Ele se apoiou no batente da porta. Sua memória foi invadida pela segunda tragédia.

No velório, havia tentado se aproximar, mas só conseguira chegar até o mesmo local: o batente.

A irmã havia deixado a capela aos berros. "Você matou minha mãe de desgosto" foi a frase mais leve que escutou de Elisa Rolando. Era ridículo que a irmã tivesse abandonado o sobrenome Batista. Desde o casamento, repetia o nome completo em qualquer oportunidade. "Elisa Rolando. Elisa Rolando". Tera tinha certeza de que a mãe havia se incomodado mais com aquilo do que com a saída do armário dele. Estava pronto para discutir com a irmã — se havia algo que valia uma exceção, era o velório de sua mãe —, mas fora impedido pelos demais presentes. O marido engomadinho de Elisa, Roberto Rolando, tinha sido o primeiro a intervir. Aquelas bochechas rosadas de criança bem nutrida irritavam demais Tera. Depois vieram os tios, os primos. Uma verdadeira conspiração familiar para rejeitar sua presença. Em meio aos gritos de revolta e ao choro de quem se sentia ultrajado com a presença de Tera, também veio um grito de alguém pedindo que chamassem a polícia. O suficiente para que Tera desistisse de entrar na capela e fosse embora.

Anos mais tarde, parado no batente da capela, só conseguia se lembrar daquelas três tragédias.

A terceira foi a que o havia motivado a voltar ao cemitério ao longo de todos aqueles anos. Era uma tragédia invisível, porque não se tratava de algo que havia acontecido, e sim do que nunca acontecera. Tera não pôde se despedir da mãe. Sem adeus, sem homenagens finais. A própria família havia negado a ele o direito de fechar um ciclo. Na tentativa de amenizar o vazio, Tera voltava ali todos os anos. Caminhava sempre pelas antigas lápides — enormes monolitos de granito com milhares de plaquinhas com nomes e fotos dos antigos falecidos — até chegar aos corredores dos cremados.

A família Batista tinha origem humilde: mãe solteira criando dois filhos enquanto trabalhava como cuidadora em uma creche da prefeitura. Sem tios ricos, sem pai. Os restos mortais daquela família só tinham um destino: a gaveta comum, destinada aos menos abastados. As cinzas da mãe ficariam pela eternidade misturadas às de estranhos. Sempre que quisesse prestar homenagens, Tera encararia uma placa com um número, sem nome ou foto. Em vez disso, as cinzas haviam sido depositadas na gaveta da família Rolando, cortesia de seu cunhado. Tera teria preferido a outra opção, mas já fazia algum tempo que havia aprendido a lidar com a frustração de ver o nome e foto da mãe ser exibido em uma telinha de LED ao lado de um monte de desconhecidos da família do cunhado.

Parou ali mesmo. Mãos nos bolsos do moletom cinza. A touca de lã protegia a cabeça da friaca da manhã. Em silêncio, Tera esperou até que as vozes inquietas dentro de si se calassem. Depois pediu.

— Eu tenho uma decisão importante pra tomar.

A única resposta foi o vento do começo do inverno. Tera respirou fundo. Secou uma lágrima solitária que escorreu do olho esquerdo.

— Queria que você estivesse aqui...

No outro ano, voltaria para o mesmo ritual, na expectativa de, enfim, sentir o fim de um ciclo. Sim, voltaria no outro ano, porque naquele não sentia o fim de nada.

De volta à sua casa, Tera ligou o monitor. A tela preta exibia um resumo da tarefa realizada, finalizando em uma pergunta.

```
COMPLETED. RUN NOW? (Y/N)
```

Tera digitou o Y. Uma sequência de letras e números surgiu diante de seus olhos. Que linguagem estranha era aquela? Não era possível que teria que descriptografar um arquivo daquele tamanho. Mas foi só o susto inicial. Aos poucos, foi se dando conta do que estava diante de si. Tera se deixou desabar sobre a cadeira e abriu um chat com Nina e Iza.

```
TERA
A gente precisa se encontrar. AGORA!
```

Nina o olhava, boquiaberta.

— Tem certeza?

Tera se aproximou.

— Cê sabe que eu nunca ia pedir uma reunião urgente se não tivesse certeza.

— Isso implica em… merda, implica em um monte de coisa. Não sei nem por onde começar.

Tera se sentou em frente a Nina e levantou um dedo indicador, tocando-o com o da outra mão.

— Em primeiro lugar, Kalango me mandou esse arquivo. Sem senha, sem nada. Ele queria que a gente tivesse acesso à porra toda.

Nina assentiu. Tera tocou seu segundo dedo logo após erguê-lo.

— Ele disse que confiava em mim pra tomar uma decisão.

— Certo, e o que mais?

Tera ergueu um terceiro dedo.

— O arquivo não é só o código-fonte de um *modpack* feito pelo Kalango. É o código dos quatro.

— Não é possível… Se fosse só o seu já seria inacreditável, mas os quatro? Cê tem noção do quanto isso ia valer no submundo se a gente quisesse vender?

— Uma pequena fortuna.

Nina apertou os lábios, concordando.

— E o que você quer fazer?

— Como assim, eu? — retrucou Tera. — Eu chamei vocês justamente porque não tinha a menor condição de tomar uma decisão dessas. Aliás, onde a Iza se meteu, hein? Sabe o tamanho do impacto disso? Dos dilemas?

Nina fez um gesto pedindo calma.

— Isso é uma das coisas que eu mais curto em você, Tera. Você é inteligente, e tem um senso de ética muito forte. Nas mãos de qualquer outra pessoa, isso teria dado merda. Eu te conheço. Sei que você já pensou nas opções.

O *root* assentiu. E então repassou a Nina tudo o que havia martelado em sua cabeça na última hora.

A primeira opção era simples. Deletar. Ninguém precisava ficar sabendo da existência daqueles códigos-fonte, a vida seguiria igual. A vantagem? Zero impacto na sociedade, zero responsabilidade pelo que aconteceria, só mais um dia como outro qualquer.

A segunda opção era vender os códigos. Seria o dinheiro mais rápido e seguro da vida deles. Grana alta, risco baixo. Dava para começar uma vida nova relativamente fora dos radares da polícia e da igreja, abrir uma empresa de fachada qualquer para não serem incomodados pelos poderosos e pronto. O problema era um só. Tera explicou.

— Você conhece alguém bem-intencionado disposto a gastar tanto dinheiro em um código-fonte desses?

Nina fez que não.

Restava uma terceira opção. Liberar os códigos para todo mundo. Fazer com que as obras-primas do Kalango fossem parte da comunidade *open source*. É claro que ia ter um monte de gente mal-intencionada usando aquilo para criar mercenários de alto desempenho, ou até um pequeno exército de super-humanos. Mas também iria parar nas mãos das pessoas bem-intencionadas, que usariam para novas descobertas ou até mesmo para fazer uma oposição mais efetiva contra as injustiças do mundo.

— Você acredita que tem mais gente com intenções boas ou mais gente com intenções ruins? — perguntou Tera. — Acha mais fácil acreditar que usariam isso para o bem comum ou como uma arma militar?

Nina apontou que havia ainda uma quarta opção: limitar o acesso aos códigos, liberando-os apenas a pessoas da confiança de Tera. O amigo riu, coçando atrás da cabeça.

— Não gosto de controle. Acredito na liberdade de escolha, se é que ela ainda existe de alguma forma. Sei lá, mesmo que não exista, não quero controlar ninguém.

— Não seria controle — apontou Nina —, seria compartilhar algo de valor com as pessoas que você acredita que podem fazer um bom uso disso. São decisões com um peso grande. É compreensível se você não quiser esse tipo de coisa nas suas costas.

Tera foi até o canto do escritório improvisado, onde haviam halteres, pesos e alguns outros equipamentos. Juntou alguns halteres em umas duas barras e começou a fazer um exercício de rosca, erguendo cada um dos cotovelos em movimentos intercalados. Era bom para pensar um pouco.

Nina aguardou até que o amigo terminasse a série.

— Tá mais calmo?

— Difícil ficar calmo com tanta responsabilidade. Eu chamei vocês aqui pra me ajudar a decidir. Aliás, cadê a Iza?

— Pra começar, você sabe muito bem qual seria o voto da Iza. Além do mais, não é a primeira vez que ela se atrasa pra uma reunião urgente. — Nina caminhou até a bancada de Tera e fitou os códigos mais uma vez. — Além disso, se o Kalango, que te conheceu por pouco tempo, já confiava em você… Eu, que te conheço há anos, confio muito mais.

A *root* abraçou Tera e deu um beijo no rosto do amigo.

— Eu apoio sua decisão. Seja qual for.

Nina foi embora. Tera continuou os seus exercícios. Havia muito em que pensar, mas uma coisa o incomodava ainda mais: afinal de contas, o que Iza tinha de tão importante para fazer a ponto de não atender um chamado urgente?

Iza

Depois

Félix Marciano tomou um soco. O nariz esguichou sangue, e ele foi ao chão.

— Por favor, não! Eu te dou dinheiro…

—Tá me estranhando, babaca?

Iza se aproximou. Tirou a máscara.

— Lembra de mim, bonitão? Deu trabalho pra te achar, sabia?

— Eu tenho família…

— Bom saber. Vou mandar um cartão de Natal pra eles. Agora, vem aqui…

Iza segurou o apóstolo pelo colarinho. O homem gritava.

— Calma, cara. Trouxe um presente pra você. — Iza tirou a víbora de aço da cintura. — Um corte vai ser pelo que você fez com o guri da Nina. Outro vai ser por ter desrespeitado meu amigo Tera.

Félix se debatia.

— Vou fazer um também pelas merdas que vocês fizeram com o Kalango, mas, aqui entre nós… — A *root* aproximou o rosto dele. — O primeiro corte vai ser só porque eu gosto muito de ver gente escrota se fodendo.

AGRADECIMENTOS

Você acabou de ler a história que escrevi originalmente em 2018 e que depois de um caminho doido se transformou neste livro. Meu primeiro "obrigado" é a você que leu; espero que tenha se divertido tanto quanto eu me diverti escrevendo. Se decidir postar fotos do livro, não esqueça de me marcar.

Não foi uma tarefa simples chegar até esta edição que você tem em mãos e eu nunca teria conseguido sozinho, então vou te contar o que aconteceu, mas vai ser de trás para a frente.

Este é o primeiro livro que publico depois do nascimento da minha nova pessoa favorita no mundo. Madalena, você ainda não vai entender o que está escrito aqui, mas um dia vai olhar para trás, folhear uma edição antiga deste livro e perceber que só por você existir minha escrita e minha vida se tornaram mais satisfatórias.

Esta edição ganhou um espaço na editora Rocco, e eu sou muito grato pela oportunidade de ser publicado por uma das maiores casas editoriais do país e conseguir chegar a mais leitores. Um obrigado especial a Bia D'Oliveira e Paula Lemos — foi muito legal trabalhar com vocês. Espero que não tenham se cansado, porque tem muito mais loucura de onde saiu essa.

Antes disso, com incentivo de Clara Madrigano e ajuda de Paola Siviero e Ian Fraser, este livro chegou ao colo de Camila Werner, que sem ter a menor noção de onde estava se metendo ainda me pediu que enviasse meus outros manuscritos (ela passa bem). O resultado disso foi uma parceria que teve início no começo de 2023. A Camila se tornou minha agente e desde então o ato de escrever ficou menos solitário, as longas esperas não me causaram mais tanta ansiedade e os eventuais nãos já não doíam tanto. Valeu, Camila.

No fim de 2022, contrariando todas as minhas expectativas, este livro ganhou o Prêmio Jabuti na categoria "Romance de entretenimento". Além disso foi finalista dos prêmios Odisseia de Literatura Fantástica, Leblanc e Argos. Até hoje não sei direito como isso aconteceu, mas pode acreditar, eu agradeço.

Isso me leva ao fim de 2021, quando André Caniato me mandou uma mensagem despretensiosa: "Vamos inscrever seu livro no Jabuti do ano que vem?" Minha expectativa era tão pequena que isso sequer foi ideia minha.

Em fevereiro do mesmo ano, esse mesmo cara foi o primeiro a decidir publicar um livro meu, assim, por espontânea vontade mesmo, acredita? Se não fosse essa primeira publicação em e-book e a edição heroica do André lá atrás, quando tudo começou, provavelmente eu não estaria aqui. Valeu, André. Você será, para sempre, o primeiro profissional da cadeia do livro a acreditar em mim.

Antes da publicação do André, contei com a ajuda de Jana Bianchi para elaborar um "pitch", o que foi ainda mais difícil do que escrever o livro em si, mas, por sorte, a Jana é uma pessoa muito didática e paciente.

O texto precisou ser escrito em algum momento. Agradeço aos meus leitores beta pela sinceridade e aos meus amigos e familiares pelo apoio moral. Um agradecimento especial à minha querida colega e escritora talentosa Franz Andrade pela leitura sensível e pelas dicas valiosas.

Antes de tudo isso, eu quis desistir. E não foi só uma vez, foram várias. Escrever é difícil, e o mercado literário é mais difícil ainda, além de frustrante. É muito fácil se sentir insuficiente ou irrelevante e por causa de tudo isso e muito mais, eu quis deixar esse negócio de escrever para lá. Quem me impediu foi minha esposa, Gabe Fontes, que sempre acreditou em mim mais do que eu mesmo. Talvez isso seja motivo para uma avaliação psicológica, sei lá.

Essa aventura foi incrível, cheia de altos e baixos, mas estou feliz de ter chegado até aqui. Na literatura, muitas vezes a gente tenta fugir um pouco de redundâncias, repetições de informações ou palavras, mas não vejo outra forma de encerrar esse texto. A todos vocês, meu mais sincero muito obrigado.

Lucas Mota,
30 de novembro de 2023

Impressão e Acabamento:
BMF GRÁFICA E EDITORA